清六の戦争

ある従軍記者の軌跡

伊藤絵理子

毎日新聞出版

清六の戦争

——ある従軍記者の軌跡——

目次

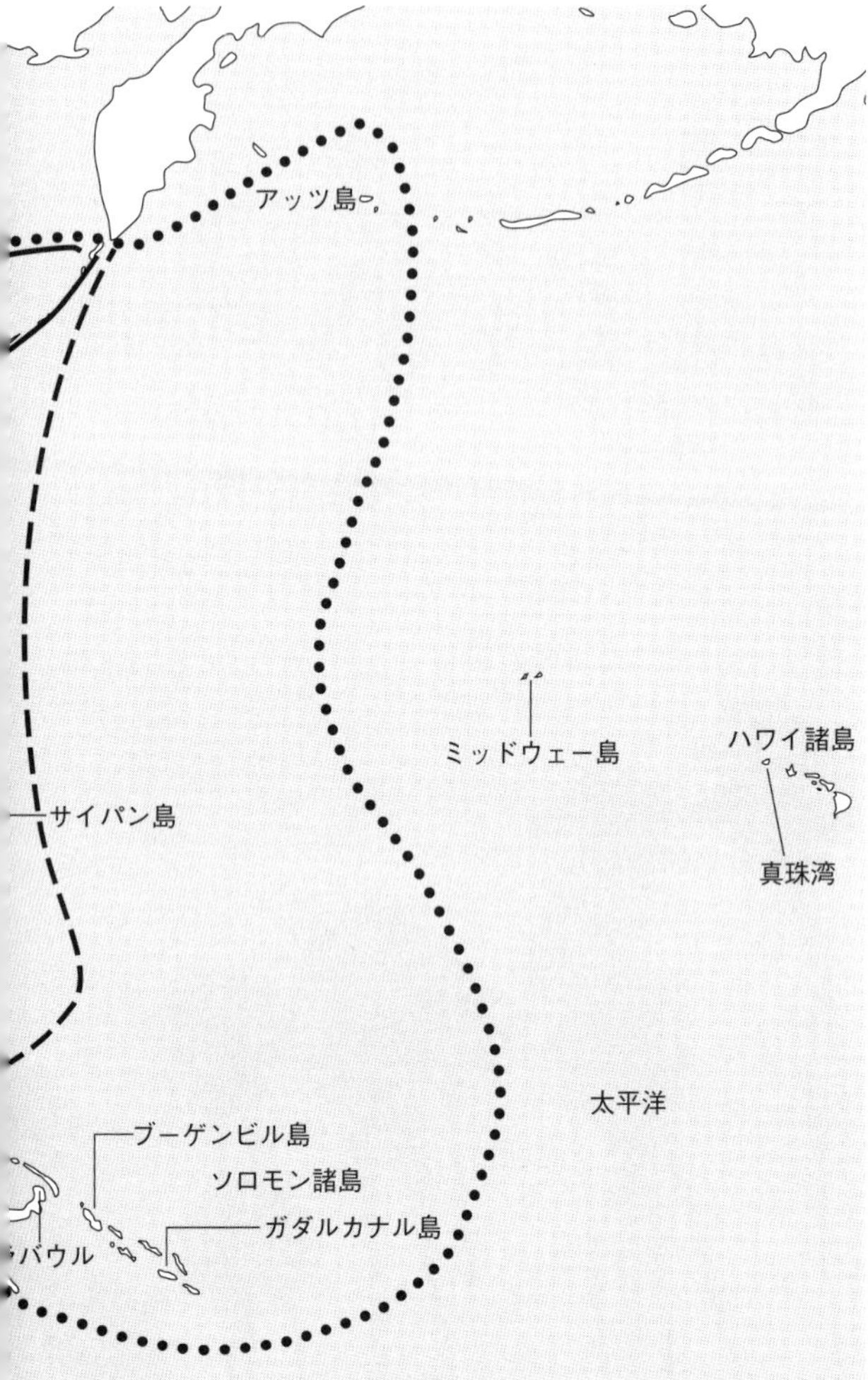
アッツ島
ミッドウェー島
ハワイ諸島
真珠湾
サイパン島
太平洋
ブーゲンビル島
ソロモン諸島
ガダルカナル島
バウル

太平洋戦争関係図

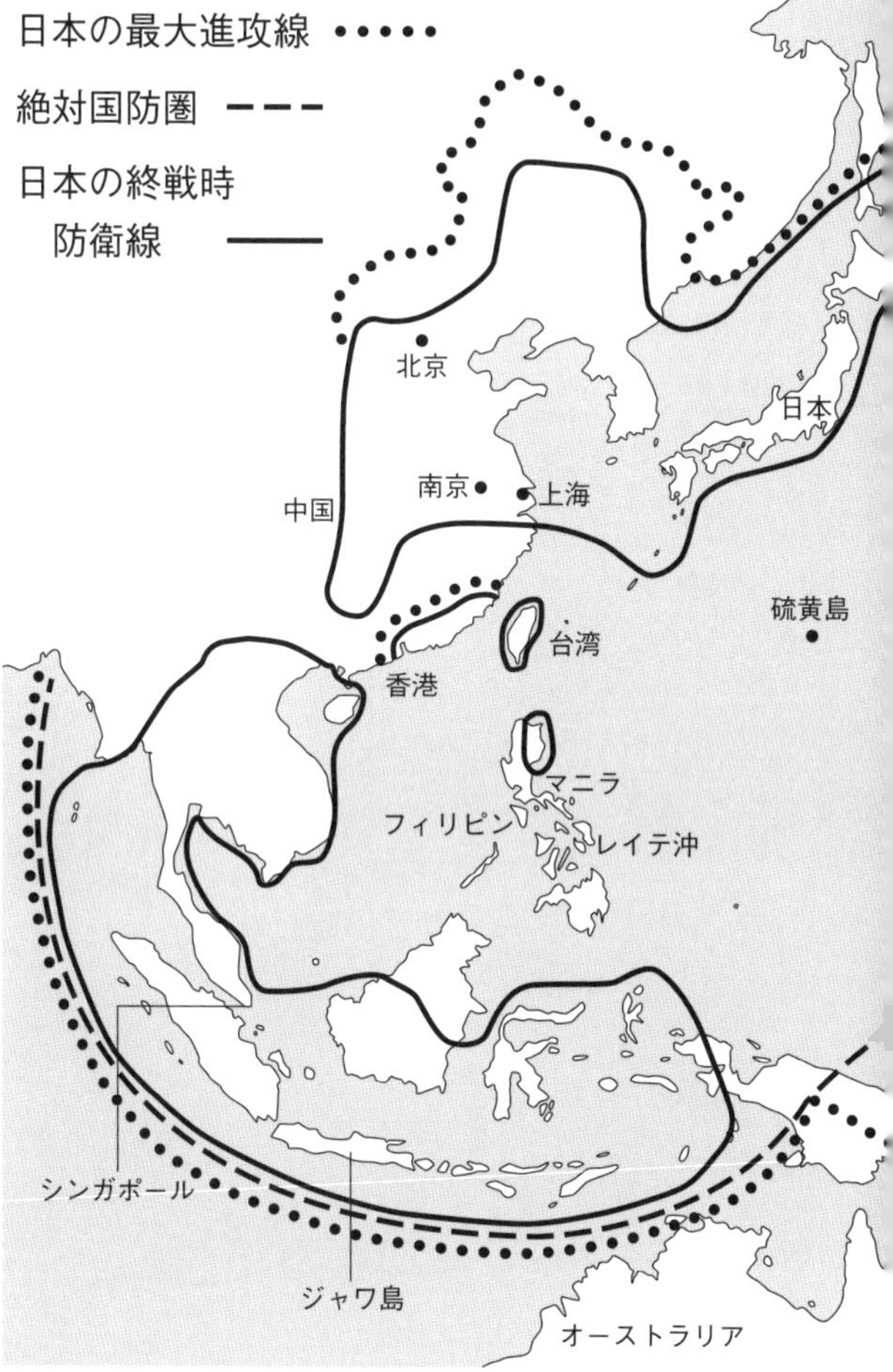
日本の最大進攻線
絶対国防圏
日本の終戦時
防衛線
北京
日本
南京
上海
中国
硫黄島
台湾
香港
マニラ
フィリピン
レイテ沖
シンガポール
ジャワ島
オーストラリア

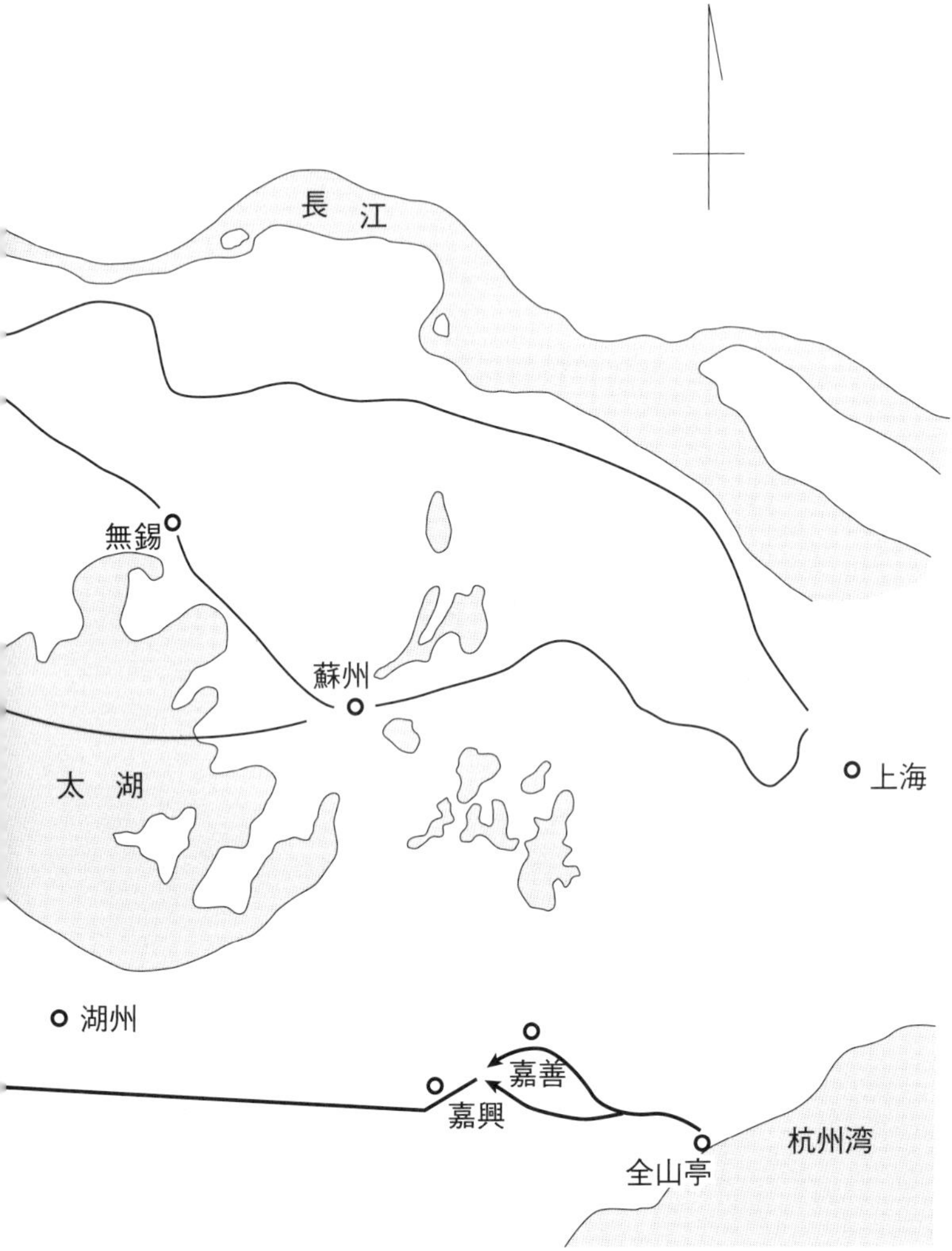
長　江
無錫
蘇州
上海
太　湖
湖州
嘉善
嘉興
全山亭
杭州湾

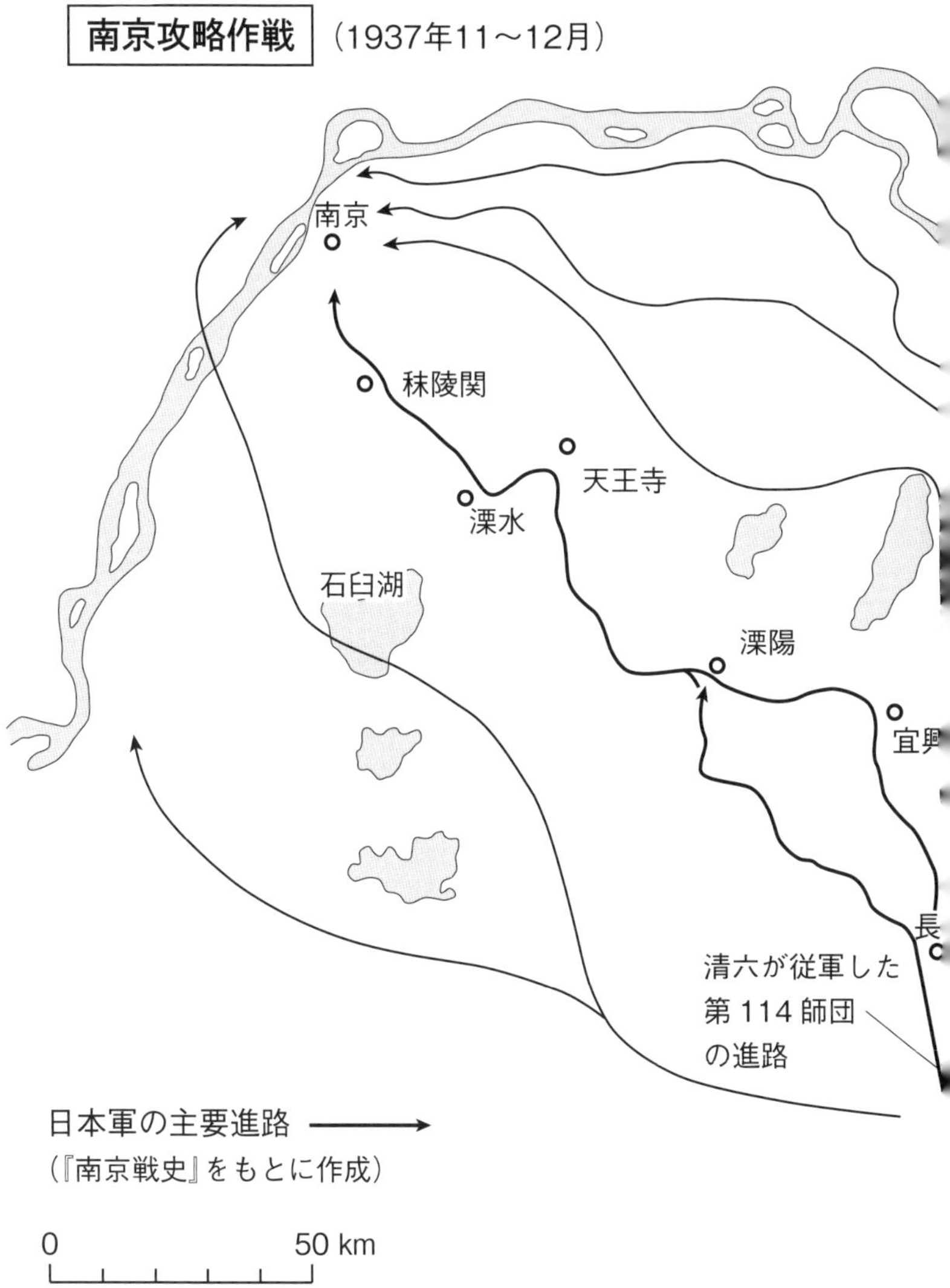
南京攻略作戦（1937年11～12月）
南京
秣陵関
天王寺
溧水
石臼湖
溧陽
宜興
長
清六が従軍した
第114師団
の進路
日本軍の主要進路
（『南京戦史』をもとに作成）
0
50 km

フィリピン

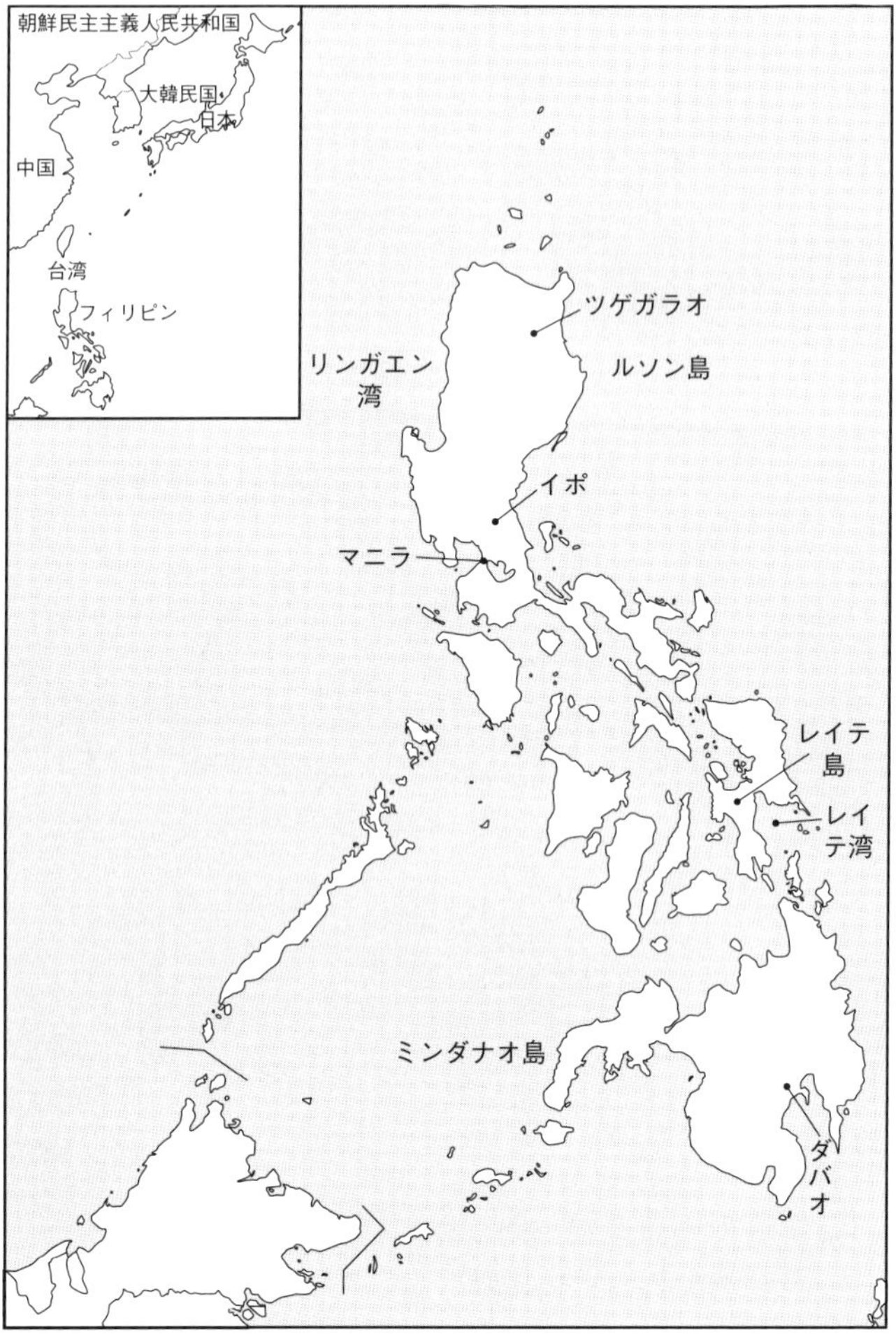

朝鮮民主主義人民共和国
大韓民国
日本
中国
台湾
フィリピン
ツゲガラオ
リンガエン
湾
ルソン島
イポ
マニラ
レイテ
島
レイテ
湾
ミンダナオ島
ダバオ

伊藤家系図

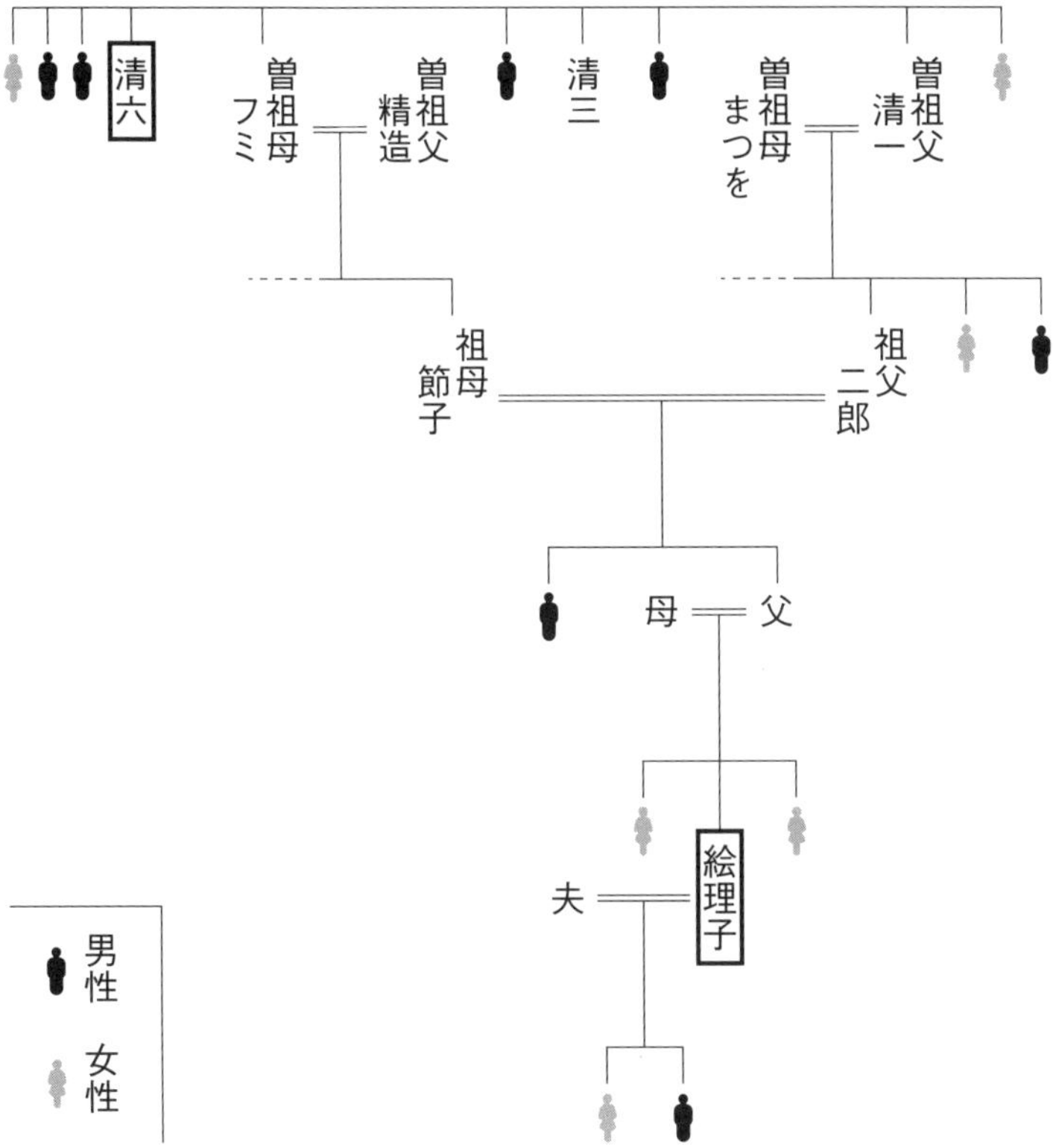
清六
曽祖母 フミ
曽祖父 精造
清三
曽祖母 まつを
曽祖父 清一
祖母 節子
祖父 二郎
母
父
絵理子
夫
男性
女性

装丁・本文フォーマット　宮川　和夫
装　画　佐々木悟郎
組　版　キャップス

清六の戦争

――ある従軍記者の軌跡――

◎本文中の年齢、肩書きは取材当時のものです。引用文の中には現代では不適切と思われる表現が見られますが、当時の時代背景に鑑み、原文のままとしています。ただし、読みやすさの観点から、原則として漢字は旧字体から新字体に、歴史的仮名遣いは現代仮名遣いに変更しました。また、句読点やルビを追加しています。

プロローグ

初めて見るその人は、穏やかな表情の中にも、意志の強さをたたえた目をしていた。

2012年、私は、東京・竹橋の毎日新聞東京本社で色あせた一枚の写真に出会った。若いころの父や、かすかな記憶に残る親戚たちに似た顔立ちに、懐かしささえ感じた。それが、私の曽祖父の弟、伊藤清六だった。

写真は、私が見つけるのを長い間待っていたように思えた。

清六の存在を初めて知ったのは、私の毎日新聞入社が決まった2004年のことだ。父が「昔、毎日新聞にいて、フィリピンで戦死した親戚がいる」と教えてくれた。

新聞社といっても、仕事は幅広い。現在でも「新聞社は仕事のデパート」と言われるほど多種多様な仕事がある。記者のほかに編集や校閲、営業や販売、広告、文化事業などがあり、加えて戦前は、活版工や印刷工も多くいた。所属の部署によって仕事の内容はまるで違う。このときはまだ、清六が記者だったのかさえわからなかった。父も、詳しいことは知らないという。

また、「フィリピンで戦死した」というのも、当然のように「兵士として出征したのだろう」と思っていた。清六は、私にとってまだ遠い存在で、想像することも難しかった。

2005年に入社し、仙台支局に配属されてからは、警察取材やスポーツ取材などに明け暮れた。清六のことを調べる余裕も、術《すべ》もなかった。

父から「清六さんの息子さんが仙台に住んでいるらしいから会いに行ってみよう」と誘われていたが、日々の忙しさに追われているうちにその方の訃報が届き、ますますその存在は遠のいてしまった。

2011年、私は東京本社の資料を管理する情報調査部に配属された。資料整理を兼ねて社の古い資料がどう保管されているか、宝物を探すような気持ちで倉庫の棚や箱をのぞいているうち、ふと、父の話を思い出したのだ。

写真は情報調査部の、社員の顔写真を収めたキャビネットにあった。あいうえお順に、過去に在籍した社員の顔写真が並んでいる。「い」の引き出しをたどっていくと、「本社員伊藤清六」とある写真を見つけた。70年近くも前に亡くなった親戚の写真が、こんなにも身近に眠っていたことが不思議に思えた。

ほかに手がかりはないかと、記録や書籍を眺める日々が続いたが、結果は思わしくなかった。

ところがある日、ジャーナリズム関係の本が並んだ書棚に、ぼろぼろになった本を見つけた。それは、1952年に毎日新聞社が出版した物故社員の追悼冊子だった。ページをめくると、「伊藤清六」の名前があった。私は、その人生に一気に引き込まれた。

清六は戦前に農政記者として働いていたが、戦争末期の1944年、毎日新聞社がフィリピンで経営していた「マニラ新聞」に取材部長として出向し、戦局が悪化するとルソン島の山中で日本兵のために陣中新聞を作っていた。最期は、多くの仲間とともに山中をさまよい、餓死するという悲惨な結末だった。戦時中にフィリピンで死亡した毎日新聞の関係者は56人。死亡時の詳細が不明な人も多いという。

清六の人生の輪郭が見えると、私は手当たり次第に戦時中のフィリピンに関連する資料や書籍を読みあさった。公的な戦争記録『戦史叢書』はもちろん、フィリピン戦の戦史、清六と同時期にフィリピンにいた人たちの回想記など、数多くの本が出版されていた。同時に、社内に残る社報や人事記録、OB会誌なども調べた。新聞などのメディアが戦争にどう関わっていたのかを分析した研究書にも目を通した。

日本の新聞社が占領地で経営した新聞社の取材部門の責任者となれば、戦争と新聞の関係を考えるうえで、重要な存在だ。「身内のことを知りたい」という好奇心から始まった調査は、少しずつ「戦時中の新聞記者は何をしたのか」というテーマに形を変えていった。

2015年、戦後70年の年。私は、戦時中の毎日新聞の紙面に関する連載「毎日新聞1945」を担当した。終戦の年に、毎日新聞が何を伝え、何を伝えていなかったのか、紙面から探り、関係者の記録などから当時の新聞社をとりまく状況を読み解く試みだった。

「新聞が戦争に加担した」というのは、疑いようのない事実だ。私は新聞社に入社した当初、戦争をあおった戦時中の新聞に迷いなく義憤《ぎふん》を感じていた。だが、連載の取材を通じて、戦争に反対の論陣を張っていた日本の新聞社が徐々に軍部に取り込まれ、大本営発表を掲載する広報誌のような存在になっていく過程の詳細が見えてくるにつれ、葛藤が始まった。

自分だったら何ができただろうか、どう振る舞えただろうか。

「検閲があったからやむをえなかった」「身を守るためだった」「精いっぱいの抵抗をした」……。戦後、生き残った新聞人たちが残した言葉を目にし、反発すると同時に「そうかもしれない」と納得する自分もいた。だが、「新聞社にいる自分がそれを言うことは許されない」という意識も強くあった。

並行して調べていた清六の人生を知る過程は、まるでドラマを再現しているかのように思えた。取材は、欠けたピースを一つずつ拾い集めていくような作業が必要だった。一つのピースが見つかると、思い描いていた物語がまるで違う物語になってしまうこともある。断片的な事実を組み立てて作り上げる「清六像」が完成することはないかもしれない。もし新たな一面を見せる一枚の手紙、一片のメモ、一葉の写真が見つかれば、清六は「戦争への抵抗者」にも「あおった戦犯」にもなりうるだろう。

戦争に翻弄《ほんろう》され、向き合い、あるいは積極的に宣揚したかもしれない人生の中で、彼は記者として何を考えたのだろうか。なぜ砲火の中で、洞窟の中で、新聞を発行し続けたのか。そして、最期の瞬間に何を思ったのか。

私は東京本社の情報調査部を出発点に、清六の郷里岩手、上海・南京、そしてマニラへと向かった。

伊藤清六の生家にある「伊藤文庫」

第一章 原点

貧しい農村に生まれて

2019年夏、私は岩手県奥州市の祖父の郷里をおよそ30年ぶりに訪ねた。一面に広がる緑の水田。その中に浮かぶように生い茂る防風林に守られ、屋敷は記憶の中の姿のままあった。ここは清六の生家でもある。

この農村で生まれた少年が、なぜ新聞記者となり、戦争に行ったのか。その原点を知りたくて、私はここに来た。

広い庭の片隅に、親族の間で「伊藤文庫」と呼ばれている小屋が建つ。初めて足を踏み入れると、この家で生まれ育った人たちの残した書籍やノート、写真などが天井までの棚いっぱいに並んでいた。手紙は数十通ごとに束ねられ、古いものでは巻紙に筆書きの、明治時代のものもあった。実際に使っていた農機具や馬具、戦時中の軍靴や飯ごうなども保管され、小さな郷土資料館のようだ。ひんやりとしたこの場所に立って息をひそめていると、この家が戦争に翻弄《ほんろう》された歴史が、身に迫ってくる。

岩手の農村は明治から昭和初期にかけ、地主制による小作料の負担や、急速な資本主義化で生じた都市との格差により、貧しさが続いていた。慢性的な不況や凶作も追い打ちをかけた。また日清戦争から太平洋戦争にいたるまで、農業の担い手である若い男性を、兵士や軍属（軍人以外の軍関係者）として供給する役割も負っていた。

木の芽・草の葉を混ぜたうすい粥《かゆ》で飢えをしのぐ農民たち＝1931年撮影

清六は、近代化から取り残されたような農村で、10人きょうだいの7番目、五男として生まれた。12歳離れた一番上の兄・清一が、私の曽祖父だ。きょうだいのうち男性は7人で、幼くして亡くなった2人を除くと、清六がフィリピンで戦病死したほか、3番目の兄とすぐ下の弟が出征した。戦時中に村長として国策を遂行した清一は戦後、公職追放されている。清一の子供たちもまた、男4人が戦争に行っていた。

その一族の歴史を残そうと、清一が晩年の１９７６（昭和51）年に作ったのが伊藤文庫だ。完成の翌年、火事で母屋が全焼したが、文庫は焼失を免れた。清一は、「(難を逃れた保管の品々に)一族の魂がこもり居ることと思う」という言葉を残していた。

ここに、清六を知る手掛かりが埋もれているかもしれない。文庫を管理してくれている現在の当主の清也さんからは、事前に「清六の資料を探してみたが、見つからなかった」と言われていた。それでも、あきらめきれずに端から順に棚を見ていくと、うっすらと鉛筆書きの残るわら半紙が、資料の間に紛《まぎ》れ込んでいた。消えかけた文字は「清六」と読める。かつて整理する時に、印として棚に貼られた紙に違いない。はやる気持ちを抑えて周辺を探すと、日記やスクラップ帳、原稿用紙の束があった。ノートの表紙には「伊藤清六」の名前もある。

2度目に訪れた時には、優に2000通はありそうな手紙の差出人を一通ずつ確かめ、清六とその家族が書いたものを多数見つけることができた。

学業はあきらめぬ

資料はところどころ虫に食われていたが、約100年前に書かれたものとは思えないほど、きれいに保管されていた。見つけた日記や作文には、率直な気持ちがつづられていた。幼い清六の苦労と努力が行間から立ち現れるようだった。

清六は7歳で父を亡くしていた。10代前半の高等小学校時代の作文では父が病に倒れた時の状況を詳細に記している。

「之《これ》も天運であると思ってあきらめるより外はなし。いつでも家に吉凶が出た時は父が生きて居たならばどうだっただろうと思う。しかしあきらめようと思う程あきらめられず心苦しい。父の死を思うとそでのかわくひまがない」と心の内を吐露している。

1921年、14歳で高等小学校を卒業すると、清六は近くの水沢農学校に進学した。盛岡には中学校や師範学校があったが、経済的な事情から、清六の選択肢は徒歩で通える農学校しかなかった。

近くの、とは言っても現代の感覚とは少し違う。清六より13歳年下で、1年間だけ農学校に通った私の祖父の回顧録によると、農学校までは片道10キロもあった。朝6時に出て学校に着くのは8時半ごろ、午後5時半に下校すると家に着くのは午後8時だったという。もちろん、冬は深い雪道だ。

入学から1年がたとうとするころ、今度は母が52歳で急死した。家の裏手にある井戸まで水くみに行き、急に倒れてそのまま亡くなったという。心臓麻痺だった。清六が15歳になる直前のことだ。

父に代わって農事を取り仕切っていた母の死により、一家はさらに困難な状況に追い込まれた。親代わりとなったのが、長兄の清一と、その妻まつをだ。

まつをは、当時まだ珍しかった女性の師範学校出の教師として、小学校に勤めていた。その月給が家に入る唯一の定期的な現金収入で、大家族を養うには到底足りなかった。

まつをは、厳しい農家の生活についてつづった自伝『石ころのはるかな道』を75歳で出版している。それによると、母が亡くなった直後に家族会議が開かれ、清六を退学させることになった。清六は食事も取らなくなり、「おれ、なんぼしても学校やめねえばなんねえのすか」と毎日のように泣いた。結局、県内の小岩井農場で幹部をしていたまつをの叔父に借金をして学業を続けられることとなった。「姉さん、おれ、なんでもする。忙しいときは学校休んでも手伝うよ」と誓ったという。

その言葉通り、母の死後まもないころの清六の日記には、「冬休みとなって農学生から農夫に早変わり」とある。一日中、稲穂を拾ったり、わらを打ったりと農作業に打ち込む姿が描かれている。

東京の親戚の家に送るため、兄と共に稗米一・五斗（約22キロ）ずつを背負い、10キロほど離れた町まで歩いて運んだこともあった。親戚の家で、土産にまだ熱い餅をもらい、そのおいしさに舌鼓を打ちながら帰ってくると、我が家の貧しさが目についた。

「床の板のきたないこと。庭のきたないこと。まるで豚小屋、いやそれよりもきたない」

別の日には、教師の仕事に家事、農業、育児と寝る間もなく働き続ける兄嫁のまつをが、朝から子供を叱る声が聞こえる。

「何だ。嫌だ嫌だ。よしてくれ。姉さんの顔を盗み見た。少しやせたように青い。労のためにやつれたのか」

「（弟が）青い面して鼻水たらして、ほころびただらしない着物で起きてきた。見苦しい」

だが、貧しさの中でも、進学への憧れは断ち切りがたかった。

「（受験対策や体験記などを紹介した雑誌）『受験と学生』を読んで、我もと心のおどるを禁じ得なかった。僕の家の前途を考えた。余りよろこばしい様にも思われない」

2番目の兄・清三は、家業を支えるために進学をあきらめていた。日記には、この兄に対する遠慮と、兄に恩返ししたいという意志が上昇志向に転じる様子が記されている。

「清三兄は常に真黒になって働いているのだ。僕は済まないような気がする。いつかも試験の為《ため》に下宿していたら手紙を寄せて僕をなぐさめた。且《か》つ『立てよ』と教えた。僕は兄の有り難さをつくづくと感じた。

僕は成功を夢見ている。しかしそれは僕の為にではないのだ。母の生きていた時分には早くよくなって母に一寸《ちょっと》なりとも安心をと思っていた。しかしながら今はその母さえないのだ。でも僕は励むのだ。なき父母に孝、且つは兄弟のために。自分は自分の身は可愛いのだ。また、兄様のことを考えると自分はエラク偉くならなければならないのだ。僕は努力すべく生まれたのだ」

貧しい生活から、どう這い上がっていけばいいのか。14〜16歳だった農学校時代の清六にとって、それは何よりも大きな問題だった。その葛藤をうかがわせる文章が、ノートにも残されていた。

タイトルは「運命」。ノートの他の部分は、鉛筆書きで、英単語の練習や農業の勉強の跡が残されている中、この部分だけが青いペン書きで6ページにわたっており、一気に書かれたもののようにみえる。

「運命とは何だという事を第一に考えてみますと、之は唯《ただ》一口には云えません。くぢを引いて当たるか当たらぬかと言うことは吾々《われわれ》の意志ではとても分からない。当たらないと言ってそれが自分の力が足りないのではない。当たったからと言ってそれが自分の努力のたまものでもない。それが当たったりするのは人間の力以外の或る力を認めざるを得ないでありましょう。之を運命というのです。つまり人間の思慮を超越した力であります」

この後、清六は、人生を決めるのは「意志」か「運命」かについて長々と書き連ねている。

「もし何事でも思うようになる世の中ならば、例えば生まれてくる時に何人が好んで貧乏人のところに生まれてくるものがありましょうや。オギャーと生まれて見ると実に見るもいぶせき乞食小屋である。やれしまったと思ってももう引っ込む訳にはいかない。これが即《すなわ》ち吾人の意志の自由でないという一つの証拠である」

そして、最後に、

「昔から偉人と称せらる人の歴史、英雄と称せらる人の歴史を見ますと、一部は運命でもありましょうが、運命だけでうごいているのではありません。自分の自由の意志の発動で、巧《たくみ》に運命を支配して偉人となり英雄となったのではないかと思う」

と「意志」に軍配をあげた。

同じ内容が何度も繰り返されたり、上から二重線で消した跡があったりする荒削りな文章だ。だが、それだけに、貧しい農村に生まれた自分の運命を、意志の力で変えていこうとする思いがストレートに伝わってくる。

「伊藤文庫」で見つけた原稿用紙の束の中の1枚には、清六の青春もつづられていた。1行目に「中等学校時代の思い出」と題名がつけられている。文末には「(大正十三・四・十六)」と日付があり、農学校卒業直後に書かれたもののようだ。この終盤部分に、一つのエピソードがあった。

清六は、農学校最後の年の11月、「友人S」と共に仲間を引き連れて他校に剣道の試合に向かった。

「ああ、いかでか先輩の雪辱《せつじょく》をなさずに置くべきかと花咲く頃より鍛えし事も、時利あらずしてか、ついに水泡に帰した。我は云うにしのびず、我とSとは手を取りて泣きぬ。屈辱を重ねし敗将の胸の中。そは丁度《ちょうど》今見るような月の晩なりき」

前年の負け試合が悔しくて、最終学年として春から練習に励んだが、他校試合に破れ涙を流した——という思い出だ。今も部活動などでよくある青春の一コマで、珍しい経験ではないかもしれない。

だが、月明かりの下で友人と悔し涙を流すこのシーンが、私には妙に印象に残った。目標に向かって情熱を燃やしたが、報われずに終わった若き日の清六。自らを「敗将」と表現していることに、強い自負も感じる。

苦しい家計の中、清六は必死に勉強に励んだ。親代わりの清一も、弟たちに厳しく結果を求めた。末の弟が農学校に通っていた時代、すべて「甲」が並ぶ中に一つだけ「乙」がついた成績表を見せた時、清一は「こんな成績なら学校なんかやめちまえ」と怒鳴り、成績表を投げつけたという。

清一は、清六の進学にも条件を付けた。それは、別の2人の兄から進学を許可する証明書をもらうことだった。

このとき清六が、2番目の兄清三に切々と訴えた手紙がある。

「立身出世の第一歩たるべき時代は早や我が目前にひろげられました。私も中等学校に入りたい為《ため》に家の事情、自分の境遇なども合わせ考査しましたが、どうしてもこれからの人生には中等以上の学力の必要を認めました。自分が学校に行かなかったのは非常にくやしかった故に弟ばかりはそうしませんという心で、私の運命の立派に育っていく様に証明書を送ってください」

この訴えが届いたのだろう。1924（大正13）年、清六は晴れて進学を許され、開設2年目の宇都宮高等農林学校（現宇都宮大学農学部）に入学した。大正期、農村では全国的に教育熱が高まり、志を持った若者が都会へと向かった。高等教育機関が各地に設置され、門戸が開放されたことも追い風となった。清六も、一度は閉ざされかけた学業への扉をこじあけ、その流れに乗った。

「百姓だって人間だ」

伊藤文庫には、宇都宮高等農林学校時代のノート38冊が残されていた。農学、物理学、畜産学、化学、英語……。どれも小さな文字でびっしりと書き込まれている。「ここで結果を出さなくてはならない」と覚悟を決め、懸命に学んだのだろう。

その姿は、校内でも話題になっていたようだ。ページの間に、1926年1月14日の東京日日新聞（毎日新聞の前身）栃木版が一ページそのまま、丁寧に折りたたまれていた。なぜ、このページを大切に保存していたのだろう。しげしげと眺めていると、中ほどに、こんな見出しを見つけた。

「トルストイを想いつつ　高農の名物男伊藤君」

高等農林学校2年生だった清六は新聞配達をしており、「僕はトルストイのように一生苦しんで最後に農村で死ぬのだろうと考えています。自分が自分の力で生きるということ程尊いことはない。働くとは幸福だと考えています」と語っている。そして、記事は「奮闘は実に涙ぐましい程で学生間でも『苦学を超越した苦学』として評判者になっている」と結ばれている。

気になったのは、清六の言葉として書かれている次の部分だ。

「無論これで学資を得るというつもりもなく、郷里の両親も配達などしない方がよいというし」

このとき、既に清六の両親は他界しているはずだ。親代わりだった兄夫婦の清一とまつを に感謝し、二人を慕って「両親」と呼んだのかもしれない。だが、それだけではなく、険しい道のりを歩んで学業の場にたどりついた清六は、ようやく立ったスタート地点で、周囲の人々に弱みを見せまいとしていたのではないか、ふとそんな気がした。

このころ10代後半だった清六は、農村についての自身の考えを「農民運動論」と題し、原稿用紙に書きつづった。この論文の中に、農政記者となった清六の原点をかいまみることができる。

大正期、高い小作料に苦しんだ農民たちは各地で小作争議を起こしていた。「農民運動」とは、小作人が組合を結成し、小作料の減免などの権利を地主に主張した農業の民主化の流れのことだ。

清六はまず、「資本主義が貧富の懸隔《けんかく》を大にし、資本が少数者の手に集中」していると して、金持ちを批判した。そして、小作制度で農民が不利になっているとしたうえで、こう書き殴っている。

「近頃農村が贅沢《ぜいたく》になったという。どこが贅沢だ。腹一杯米の白いめしを食べないで大根なりサツマなりを食っているのが贅沢か。百姓だって人間だ。生きねばならぬ。食わねばならぬ」

そして農民運動について、「貧農、すなわち、その日暮らしもようようという僕の家のような人が中心となる」としつつ、都市労働者との連携の必要性も指摘する。運動は、農民のためだけでなく「全社会の利益の為の運動」であるべきで、その最終目的は「搾取者なき万人共働の社会の創建」だと理想を掲げている。

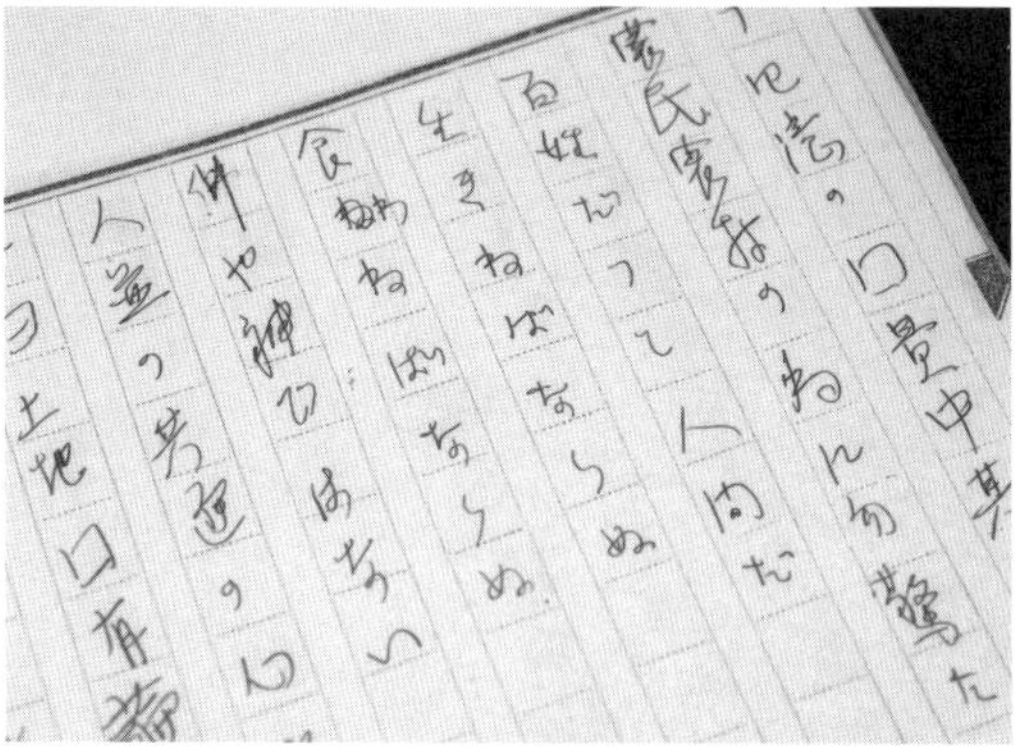
清六が「百姓だって人間だ」と農村への思いを記した文章

こうした論調は、民主主義を志向した「大正デモクラシー」を背景に農村の青年層に広まっていた。清六は被差別部落問題や男女同権論、ユダヤ人の独立問題などにも共感を示している。平等への意識を強めた根底には、農村を取り巻く構造的なひずみへの強い怒りがあっただろう。望む教育を受けられず、休む間もなく働いても一向に豊かになれない多くの農民。その農村出身というコンプレックスと、そこから抜け出して故郷に報いたいという相反する感情が、分かちがたく結びついていたように思う。

清六は、揺れる心情を長兄清一への手紙にこうつづった。

「虐げられているものが最も幸福だ。ちょうど三日月のようにその将来は洋々たるものだ。最も虐げられているものは、最も革命的でありうる。昔は大金持ちになりたいと思った時代もあった。しかし大金持ちにならんが為に勉強したのが、そのおかげで大金持ち、資本家が大嫌いになった。大臣、大将も夢みた。でもみんな過ぎゆく。私は農村に生まれたんだ。やはり農村に帰ろう」

清六は、ノートや原稿用紙に、農業や農民についての考察を繰り返し記した。表現や文体、構成を少しずつ変えながら、何度も書き連ねている。清六はこのとき、貧しさに苦しむ自分のような人を生まないために「搾取なき社会」を作ることを、生涯の志としたのかもしれない。

そんな清六に、初めて、軍隊の現実を知る機会が訪れる。

「兵隊さん」になった5日間

宇都宮高等農林学校に通っていた1925年、清六は仲間21人で宇都宮第66連隊へ見学に行き、詳細な記録を残している。「見学」とはいっても、実際に5日間兵舎に泊まり込み、軽機関銃射撃などの演習を行う本格的なものだ。

大正後期の1922年から1925年にかけ、陸軍は第一次世界大戦後の国際的な軍縮の流れを受け、3度にわたり将兵の削減を実施した。第一次大戦後の不況に加え、1923年には関東大震災で甚大な被害が出たことも重なり、国民は、財政を圧迫する軍隊に厳しい目を注ぐようになっていた。

清六の体験入隊は、宇都宮でも新規の入営が制限され、兵舎に空きが出て実現したものだという。

清六は軍隊の存在意義についてさまざまな議論があるとしたうえで、「忠か。正か。はたまた逆か。軍隊に対する一通りの理解を得たい」と参加理由を記している。

記録には、17歳の清六の驚きや感動が赤裸々につづられていた。

「ご飯はなれないせいか漸《ようや》くにして半分ばかり食って後はすてた。水道がないので食器洗い桶のきたないこと。全く食えない位《くらい》である。食器を洗う水はぬらぬらする。之で良くもまァ病気に罹《かか》らないものだ」と衛生状態の悪さに驚く。

夕食を終えると、軍人と同じ洋服や下着を借りて「すっかり兵隊さんになりすました」。

清六の父清治が日清戦争従軍時に使用した軍帽と従軍記章。清六の生家に残っていた＝親族提供

寝台の寝心地は悪く、まんじりともせず夜を過ごした。それでも「とにかく兵隊さんになったんだと思うと胸がわくわくする。幸福な望みの遂げられた日」と喜んでもいる。

清六の父は日清戦争に従軍経験があり、岩手の生家にはその時の軍帽や従軍記章が残っていた。農村からは、同世代が多数軍隊に入隊している。軍隊は、清六にとって少なからず憧れの対象だったことだろう。

ところが日を追うごとに、浮きたった気分は影をひそめていく。2日目は軍服に身を包み、背のうを背負って教練に臨むが、すぐに泥まみれになり「突撃の時は心臓が破裂するかと思った。げっそりしたわい」。

軍隊の序列の厳しさに驚きも隠さなかった。

「二年兵の勢力のあることには驚かされた。初年兵はタバコを吸うひまも、新聞を見る折もない、ストーブへは側《そば》へ寄りつけもしない。ストーブは二年兵の為に造られたるものなり。新兵は古兵の銃を磨き衣服を洗濯する。然る後自分のものをやる。其《そ》の外《ほか》、部屋のふき掃除、食事準備、寝床の手入れ等朝から夜寝るまでほとんど寸暇すらない。手は赤くひび割れ、いかに御奉公とは言いながらこれでは一寸考えさせられる」と兵舎で初年兵が不当に扱われているのを目にし、そう同情している。「裏表の多いこともまた嫌な習慣だ」とも記した。

3日目には小銃や軽機関銃射撃を「仲々面白し」としながらも、「軍隊はなるほど質実剛健なり、しかし愉快なるところには非《あら》ず。新兵は古兵に、古兵は班長に盲従する場所なり」と冷静に分析している。最後の夜には隣に寝ている初年兵から「学生諸君が入営することになったからあまりひどい乱暴はせぬ様にと古兵に対して戒めがあった。常ならば必ず一晩に一人ぐらいは殴られる」と打ち明けられた。

終了日は「再び町に出たという喜びでふらふらした」という。

清六は1927（昭和2）年、高等農林学校を卒業。その後、東京日日新聞宇都宮支局員となり、70余年後の私と同じ記者の道を歩き出す。

憧れを失望に変えた5日間の軍隊体験は、記者としての清六にどんな影響を与えたのだろうか。私はさらに、新聞社での足どりを調べるため、清六の記事をつぶさに読み進めていくことになる。

毎日新聞社屋、毎日天文館（1943 年）

第二章 従軍

たたき上げで東京へ

昭和初めごろ、新聞記者になるにはさまざまな道があった。東京日日新聞社報などによると、大学などを卒業し採用試験に合格した正社員のほか、地方の勤務員や専属通信員、本社社会部が直接採用する嘱託員などの身分があった。今で言う非正規雇用のような立場だ。

人事部に残る記録では、伊藤清六の入社は、31歳だった1938（昭和13）年7月1日だった。だがこれは正社員に登用された日で、実際はこの数年前から記者をしていた。岩手の生家に残されていた手紙の束の中には、差出人に清六の名が記された1932年1月3日消印の年賀はがきがあった。長兄清一の子供たち、すなわち私の祖父たちに宛てたものだ。清六の肩書きは「東京日日新聞宇都宮通信部勤務」となっている。これが、私が確認できた最も古い記録だ。少なくとも、この時には何らかの形で東京日日新聞で働いていたようだ。

同じ年の社報には、11月に栃木県で行われた社内会議の出席者に「宇都宮通信部、伊藤部員」の名がある。宇都宮高等農林を卒業後、新聞配達をしていた縁で誘われたのかもしれないが、正確な経緯はわからない。

宇都宮で勤務していた時代の資料は乏しい。だが、生家には1932年2月に書かれた便箋4枚に及ぶ長文の手紙が残っていた。宛名は、私の祖父である甥《おい》や姪《めい》たち。送られてきた干し柿や栗へのお礼を述べ、「ふるさとがたまらなくなつかしい」と郷愁あふれた文面だ。

この時すでに結婚し、父親にもなっていた清六は、甥や姪たちを叱咤激励《しったげきれい》し、「ぼくはいま一人の子供がある。しかしまだまだうんとべんきょうするつもりだ。そしてえらくなるとともに人のためになる人になりたいと考えている。大きくなったらなんでもいいから人のためになることをする様にいまからくせをつけておかねばならぬ」と後に続くよう諭《さと》している。手紙からは、記者として踏み出した人生の充実ぶりと、そこに飽きたらず、より上を目指そうとする姿がうかがえる。

会社の記録で辞令が確認できたのは1935年、宇都宮支局から山形の酒田通信部に移った時のものだ。翌36年、地方勤務員や本社嘱託員らに待遇改善のチャンスが訪れた。成績優秀で3年以上勤務した者を準社員とする制度が創設されたのだ。清六はその第1号として登用された。

社内競争は激しかったようだ。複雑な採用形態と雇用契約の中で、学歴による格差もあった。同じ時に準社員に登用された記者がOB会誌に文章を寄せている。

「昭和六年に当時のサツ回りの一員、つまり社会部の〝専属通報員〟として雇われてから〝社員様〟として正式に採用されたのは実に六年後。この間入社試験を受けて合格した若い人達は、半年の見習い期間を経てドンドン〝社員様〟になっていた」（鈴木二郎「社員への道」『有楽ペン供養』第8集）

1936年12月、準社員の立場を得た清六は念願かない、東京本社の内国通信部へ異動が決まった。「内国通信部」とは、地方にある通信部や支局を統括し、地方行政などを取材する部署だ。本社OB会誌には、清六が異動を果たした時のことについて、部の事務担当者が寄せた文章が載っている。部から数人が転出したあと、地方から4人が補充されたといい、その筆頭に清六の名前が挙げられている。「いずれも錚々《そうそう》たる人材で、この人事の成功を（内国通信部）部長、副部長が喜んでおられた」という（新関儀蔵「〝内通〟こぼればなし」『有楽ペン供養』第7集)。

清六は、社内で一定の評価を得るまでになっていた。

清六が、異動後に実家の長兄清一に宛てた手紙には「受け持ちは農林省、帝国農会、東京府東京市などでこのうち農林省に主力をそそぎ農事試験場、林業試験場、水産試験場などにも時々行きます。自分では幹部のうけも割合によいのではないかと思っています」と誇らしげにつづっていた。

記録をたどりわかったのは、清六は狭き門をくぐり登用された、たたき上げの記者だったことだ。幼少期は学業の継続すら危ぶまれたが、奨学金で学び、「搾取なき社会」という理想を見失うことなく、農政記者へ。一歩一歩踏み固めてきた自信に満ちた姿が目に浮かぶ。

だが、そんな清六に大きな転機をもたらす出来事が起きた。それは、1937年に勃発《ぼっぱつ》した日中戦争だった。

特派員として戦場へ

糸をたぐるように追ってきた清六の人生。私は古い新聞の縮刷版やマイクロフィルムに目を凝らし、わくわくする時を重ねた。

でも、一度だけやめたいと思ったことがある。心がざらつき、そのことばかりが頭を占めた。それは、長兄清一の日記から、清六が民間人殺害などがあった南京攻略の現場にいたと知った時だ。

「(1937年)十一月四日(木) 清六の戦況通信が可成り大々的に東京日日新聞に掲載されていた。伊藤特派員とある。マツヲと共に何回も見た」

「十一月十日(水) 清六の第一線の活動の様子が毎日東京日日新聞に報じられて来る。来ない日は淋しい。二日もないともう戦死したのではと思う」

とっさにこの年を調べると、日中戦争勃発の年だった。すぐにはピンと来なかったが、民間人殺害などがあった「南京事件」にいたる戦争とわかり、血の気が引いた。戦争で命を絶たれた「犠牲者」だと思っていた清六が、もしかしたら「加害」の現場にいたかもしれない。

そもそも、農政記者だったはずの清六が、なぜ戦場にいたのだろうか。答えは当時の新聞にあった。

「上海の第一線へ　伊藤記者を特派　戦況報道陣に更に一精彩」

1937年10月24日付東京日日新聞栃木版は、内国通信部記者だった清六の戦場派遣を告知した。

上海の第一線へ
伊藤記者を特派
出身兵の動靜 詳細に速報
戰況報道陣に
更に一精彩
伊藤記者

清六の上海派遣を伝える1937年10月24日付東京日日新聞栃木版の紙面

「戦局は愈々《いよいよ》拡大進展し、国民の眼《め》はその報道に集中されています。我社は数回に亘《わた》り多数の記者、写真部員、ニュース映画班を戦地に特派し遺憾ない報道陣を布《し》き日々の紙面に精彩を飾りつつある事は既に読者諸子の十分諒承《りょうしょう》さるる所でありましょう。今回さらにその完璧を期するため、上海に内国通信部員伊藤清六氏を増派しました。これによって今後は愈々県出身兵の活躍動静が詳細報道せられ、必ずや読者諸子の御期待と御満足を得るものと信じます」

同年7月7日、北京郊外で日中両軍が武力衝突した「盧溝橋事件《ろこうきょうじけん》」を機に、日中戦争が始まっていた。宣戦布告はなく、目的も曖昧なまま、8月になると戦線は上海に拡大した。抗日の機運が高まっていた中国で、蔣介石は共産党と手を結んで徹底抗戦した。

清六の派遣は急に決まった。岩手県の清一の家に清六の妻セイ子の手紙が残る。

「(10月) 22日午後8時、重役会議の時えらばれて急に上海に特派員として行く事に決定。23日午後3時、東京駅を出発して行きました。行きたい行きたいと云《い》っておりました事とて、大喜びで元気で張りきってまいりました」

清六自身も派遣の約1カ月前に「小生も従軍記者としての日を待っています」と書き送っていた。

戦場に「行きたい」というのは、今の記者が災害や事件の現場に駆けつけたいのと同じ心理なのだろうか。たしかに、新聞記者にとって、戦場への特派員派遣は花形だったようだ。

しかし、それだけではない事情が、新聞社を取り巻き始めていた。長く事件報道に力を入れてきた大阪毎日新聞社会部の歴史を記した『社会部記者　大毎社会部七十年史』には、日中戦争開戦後に新聞紙面の検閲が強化されていく様子が記されている。

「太平洋戦争期のような強圧ぶりはまだ具体的にあらわれてはいなかったが、じわじわとしめつけて、あれもダメ、これもダメ……と新聞の自由な取材、制作が日一日と制限されていった。エロ味のある風俗記事―ダメ、残忍悲惨な事件―ダメ。思想的な背景をもつ犯罪―ダメ。集団、徒党的犯罪―ダメ。鉱山、工場、航空機などの突発大事故―当局のOKがないとダメ。いまやいい記事を書ける場は〝戦場〟しかなかった」

学生時代、清六は体験入隊で軍隊を「新兵は古兵に、古兵は班長に盲従する場所なり」と冷ややかに見ていた。だが1931年に始まった満州事変以来、国内では「守れ満蒙《まんもう》帝国の生命線」をスローガンに中国での権益を守れとの論調が高まり、東京日日新聞もその正当性を強く主張していた。

清六も活躍の場を求めていくうちに、時代の流れにのみこまれていくのだろうか。どうか、戦争をあおる記事を書いていませんように――。私は祈るような気持ちで、古い縮刷版をめくり続けた。

販売戦略の「紙上対面」

「夫の勇姿！　本紙で歓喜の紙上対面」

「紙上対面したばかり　湖州攻略に散る」

1937年7月、盧溝橋事件を機に日中戦争が始まると、東京日日新聞の紙面には「紙上対面」の文字が躍った。

紙上対面とは、新聞を通じて、郷里に残された家族が、戦場の父や夫、兄弟たちの消息を知ることだ。地方版は、郷土部隊の活躍ぶりだけでなく、戦死した兵士の最期の様子や負傷者名などを写真や名簿付きで詳細に報じ、かなりのスペースを割いている。それを読んだ家族の反応も掲載していた。

最初にこの時期の地方版を見たとき、私は驚きを禁じえなかった。太平洋戦争の末期には兵士らがどこの戦場にいるかも秘匿《ひとく》の対象となっていたことを考えれば、ずいぶん詳しく書いてあるという印象だ。全体の被害規模や作戦の詳細は書かれていないが、少なくと

紙上對面の壓卷

「畫報」に颯爽たる勇姿

〝市太郎出かしたゾ〟

親思ひ田口水兵の決死行

紙上対面の喜び

「紙上対面の圧巻」の見出しが躍る1937年11月23日付東京日日新聞栃木版。戦場での兵士の姿と、記事に見入る家族の写真が並ぶ。

も、この時点では、国民に戦死者、戦傷者を知らせるという報道の役割は果たしていた。

　敗走を重ねる中で、軍隊が被害を十分に確認できなくなり、遺体も放置せざるをえなかった太平洋戦争末期とはちがい、戦場で仲間の遺体を探し、弔う余裕があったこととも関係しているだろう。

　「紙上対面」の記事の背景には、新聞社の販売戦略があった。

　1931年に始まった満州事変以来、新聞の発行部数は右肩上がりとなっていた。兵士の消息を知ろうと、家族が先を争って新聞を購入したためだ。毎日新聞の前身、東京日日新聞と大阪毎日新聞の全国での元日付合計発行部数は1931年の243万部から、1937年には345万部に急増していた。7月に用紙代が大幅値上げされ、定価引き上げでいったんは落ちたが、9月以降は増加に転じた。

記事を発信したのは、現地に派遣された特派員だ。新聞各社による報道競争の過熱もあって、東京日日と大阪毎日は、日中戦争の勃発から1938年6月末までに延べ269人を送り込んだ。

従軍記者が初めて派遣されたのは1874（明治7）年、明治政府による台湾出兵に従軍した東京日日新聞の岸田吟香とされている。質、量ともに本格化したのは1894年の日清戦争からだが、当初は清六の時代とは様相を異にしたようだ。社報によると、奥村信太郎社長は1938年1月の会議の訓示で、自身の日露戦争での体験を振り返っている。

「第一線に立つことを軍から許されず、砲火を交えるのを遠方から見ているだけ。戦争が朝から晩まで続く場合には退屈で仕方がないから大抵昼寝したりしている。今回の従軍記者は、進んで第一線に自ら乗り出していくのであるから危険の程度においては私の従軍時代と大変な相違であります」

1937年10月23日、清六は上海へ出発した。東京の自宅で兄に荷造りを手伝ってもらい、横浜駅で妻セイ子や子供たちに見送られた。帰国の日がわからないため、妻子は家を引き払い、栃木の実家で帰りを待つことにした。

セイ子は清六に教えられた通り、長崎支局宛てに夫への手紙を書き送った。手紙は船便で戦場へ届くはずだったが、返事は来ない。自宅に届く新聞と、本社から送られてくる地方版に載る清六の記事で無事を知るのみだった。

検閲下で「勝利」報道

上海の観光地として名高い外灘《ワイタン》の北側、虹口《ホンキュウ》地区の日本人街に、東京日日新聞と大阪毎日新聞（大毎）の上海支局があった。

社報によると、上海支局には東京から社会部長が出向き、取材の総指揮に当たる熱の入れようだった。当時の雑誌記事には、「大毎は上海銀行の楼上にオフィスを持つ。昨年分路の『古城』から引越したのだが、当時広すぎても、今では超満員だ」とその賑わいぶりを評している（「文芸春秋」1938年1月号「南京へ‼ 南京へ‼ ―新聞匿名月評―」）。

特派員たちは朝、食糧を持って部隊の取材に出かけ、夜には支局に戻る。だが支局も「雨のごとく迫撃砲、小銃を浴び」、安穏としてはいられなかった。

清六が到着したのは上海占領間近の10月下旬だった。確認できた最初の全国版記事は11月4日付夕刊。「我軍蘇州南岸を躍進」の見出しに「上海戦線にて三日伊藤（清）本社特派員発」の署名付きの戦況記事だ。

翌5日付の記事は、生々しい。

「一軒の建物で肉弾戦　十余時間対陣　遂に殲滅《せんめつ》」

そんな見出しに、清六の顔写真付きだ。中国軍が拠点としている3階建ての民家を占領した戦闘を、臨場感あふれる筆致で描いている。

「(日本軍は) 直ちに第一階を占拠し、ここに市街戦も市街戦、一軒の家屋の上下で肉弾戦を演じた。手榴弾《しゅりゅうだん》が飛ぶ、部屋中に炸裂《さくれつ》し床は鮮血にまみれあまりの凄絶《せいぜつ》さに敵軍も最後と観念したか続々武器を捨てて降伏、部隊は息をもつかせず三階へ突入、階段は血の河、敵の死体が部屋中に転がっている」

殲滅、決死隊、皇軍の勝利、万歳……。当時の紙面に頻繁に見られる言葉に気が重くな

夕刊 東京日日新聞

實彈皇禮砲

北支戰線

佳節を期し總攻撃

一擧忻口鎭を占據

敗敵急追忻縣に進入

聖上御親祭

凱歌故國へ響け

上海戰線

南市の支那軍退却

爆撃を恐れ龍華へ集結

我軍蘇州南岸を躍進

各代表の事前折衝白熱

九國會議愈々けふ開會

決死の坑道開鑿

日運親善を强化

ジャンク數十隻 海空軍爆破す

デマに迷はず 日本を信ぜよ

世界に誇る 豊年サラダ油

祝上海陷落 濱田家

祝皇軍大勝

雪印バター

1937年11月4日付の東京日日新聞夕刊1面。紙面中ほどに「伊藤（清）本社特派員」の署名がある。

る。

だが、これは真実なのだろうか。そう疑いたくなるような状況を、戦後、当時従軍していた記者たちが証言として数多く残している。

記事はすべて検閲を通ったものだ。新聞は１９０９年制定の新聞紙法などで、報道内容によっては発売禁止や記事差し押さえの制限を受けていた。特に１９３１年の満州事変以後、差し押さえ件数は飛躍的に増えた。

１９３３年、満州事変のさなかに入社し、地方支局に配属された元毎日新聞編集局顧問の田中菊次郎氏によると、「支局長のデスクにいろいろの記事差し止めの綴りがあった。支局員はみなこれを記憶した。戦死者の記事、写真を取材するにも、これらは必要であった」（『昭和新聞検閲』覚え書き」『一億人の昭和史』10）という。記者の仕事は、何が掲載でき、何が掲載できないか、それを頭にたたき込むところから始まったのだ。

さらに日中戦争勃発直後に、陸海軍大臣と外務大臣による記事の掲載禁止などを認める新聞紙法第27条が発動。内務省の通達で、反戦的、侵略主義的と見なされる記事は書けなくなった。戦線の拡大とともに、記者たちは記事を掲載すべく、検閲と共存していかざるをえなかった。制約の中、特派員たちは「皇軍勝利」を報じ、美談を探した。

大阪毎日の特派員として清六と同時期に上海戦線に従軍し、戦後に1面コラム「余録」を担当した藤田信勝・元毎日新聞論説委員は、著書『体験的新聞論』の中で、ある連隊長の死を記事化した際のエピソードを記している。

藤田氏は早朝、負傷して戦場から帰ってきた兵士から連隊長の戦死を聞いた。占領した農家にいたところ、暗闇に何人かが入ってきたため、連隊長が合言葉の「オワリ（尾張）」と言うと、味方なら「ナゴヤ（名古屋）」と返事をするはずのところが、いきなり銃で撃たれ「オワリ」になってしまったのだという。「できるだけ事実に即して記事を書いた」が、陸軍の検閲で不許可となり、本社からは叱責された。一方、後日見た他紙の記事には、この連隊長が「軍刀を抜いて『進め、進め』と叫びながら壮烈無比の戦死を遂げた」ことが書いてあった。

藤田氏は、「架空の武勇伝を書くこと、つまり神話づくりが従軍記者の任務だった。新聞記者は事実をも真実をも伝えるものでなく、軍の発表にしたがって、国民を鼓舞する〝ペンの兵士〟であることを使命と考えねばならなかった」と回想する。

「従軍記者として選ばれることは、新聞記者の生きがいのような気持ち」だとして、上海支局への残留を希望していた藤田氏。だが、戦場で軍隊の意に沿わない記事を書くことはただちに記者の立場に影響を与え、帰還を命じられた。統制から受ける無言の圧力が、どれほど現場を委縮させたことだろう。

新聞が伝えた数々の勇ましい美談とは裏腹に、上海戦線は膠着《こうちゃく》状態にあり、戦死傷者は急増していた。

日本軍は戦局打開のため1937年11月5日、上海南方の杭州湾に奇襲上陸し、清六も取材にあたった。

過熱する報道合戦

杭州湾に「敵前上陸」するという奇襲作戦が成功したのを機に、11月中旬、日本軍は上海をほぼ制圧した。勢いに乗った現地の各部隊は、慎重な政府や陸軍中枢を突き上げる形で、首都南京への一番乗りを競い合った。

雑誌「文芸春秋」1938年1月号の記事には、上海戦線の膠着状況が終わり、軍が南

杭州湾の金山衛城付近に無血上陸した、第114師団第66連隊の兵士たち

京へ向かうのに合わせて一層過熱する報道陣の様子が描かれている。

「大新聞はもとより、弱小地方紙までが、特派員の記事なしでは読者の受けが悪いとあって、上海連絡船の着く毎に『敵前上陸』を敢行《かんこう》、鉛筆とカメラと食料とリュックサック姿物々しく、或《あるい》は軍のトラックへ便乗、或は舟を利用し、或は徒歩で、未だ敵の地雷の埋もれた江南の野を南京城へと殺到した。記者、カメラマン、無電技師、連絡員、自動車運転手ら優に二百名は越えたであろう。ジャーナリズムのゴールド・ラッシュだ。報道戦線の大拡張である」

特派員として一足先に上海入りしていた清六も、ここから、南京を目指し従軍を開始した。記事をたどると、行動を共にしたのは第10軍第114師団だった。栃木、茨城、群馬、長野の連隊などで編成されている。11月28日付「広徳へ肉薄」、12月1日付「神速宜興占拠に敵唖然《あぜん》」。清六は、約1カ月かけて上海から西に湖州、長興、宜興などを制圧しながら進軍する様子を全国版で報じている。

12月14日付の社報号外には、清六と同行した安養寺友一記者の報告があった。11月10日に到着した安養寺氏は、クリーク（水路）沿いに1日50キロ近くも泥道を歩き、住民の逃げた「あばら家」で野営している。終夜火をたきながら、わらを敷いて眠った。食糧に困り、焼け残った家に行っては米やみそ、しょうゆ、時には鶏や豚まで「徴発《ちょうはつ》」もしたという。事実上の略奪だ。「クリークの上流に支那兵の死体が五つ六つぶかぶか浮いている。その水を呑《の》んだりお汁を作ったりしていたのかと思うとゾーッとしました」。

軍隊生活の一場面を切り取った清六の記事が11月22日付の全国版に、「しばし露営《ろえい》の草枕」の見出しで載っている。

「『露営の歌』は戦線の人気者だ。『勝って来るぞと勇ましく』等々の歌詞はぴったりと将兵達の心境を表してくれる。しかし調子外れが多いので記者等が先生となって稽古《けいこ》をはじめる。『いいなア』と兵隊さんが僕達を取りまき、しまいには大きな輪を作って合唱だ」苦楽を共にし、記者と兵士の垣根は低くなっていったのだろう。

特派員とは別に、兵士として戦地に赴いた社員もいた。12月1日付社報は、彼らを「皇軍の一員であると共に『東日記者』たる事を忘れず、奮戦中の寸暇をさいては蠟燭《ろうそく》の灯の下に得難い戦況通信を寄せ紙上に異彩を放っている」と紹介している。当時、河北省には清六と同い年の大阪毎日新聞社員で、のちに作家となる井上靖も兵士として従軍していた。

特派員が社旗を掲げ行軍する兵士らと戦場で思いがけず出会い、喜び合うこともあった。国内で共に働いていた社員が、特派員と兵士という異なる立場で同じ戦場にいたのだ。

社報を見ると「世界に誇る報道陣　見よ！　わが社の通信網」などと、態勢の充実ぶりを自画自賛する文言が目立つ。客観的に取材をするというよりは、取材対象である軍と不可分に結びつき、「軍の応援団」に近い感覚だったようだ。学生時代は軍隊という組織に否定的だった清六も、新聞社の一員としてその色に染まっていったのだろうか。

農村出身の目

一方で、農村出身の清六は、軍とともに、上海から南京まで約400キロに及ぶ行軍を続けながら、いわゆる戦場報道とは異なる視点の記事も書いていた。

日中戦争に従軍した兵たちの記録には、中国の大地に生きる民衆の姿がところどころに登場する。当時の中国で人口の大半を占めたのは、農民だった。日本の兵たちの多くは、行軍の途中、農作業をする中国の農民たちの姿を目にした。特に、清六が従軍した上海から南京へのルートは有数の穀倉地帯として知られる地域だ。

しかし、戦災を逃れようと土地や家を捨てたり、日本軍に奪われたりして逃げ出した農民も多かった。彼らは生きるため、仕事を求め、食糧を求めた。

清六の記事にも、中国の民衆について触れた部分が見つかった。

12月1日の全国版には「〝和平の神が来た〟と支那乙女お手伝い　長興の民衆が感謝」の見出しがある。「勇士」「爆弾」「屍《しかばね》」「粉砕」などの単語がひしめく紙面の中では、異色に見える。記事にはこうある。

「皇軍の進出によりさし始めた新しい和平の光は、皇軍の宣撫《せんぶ》工作を殆《ほとん》ど必要としないほど民衆間に親しまれ、各部隊は支那の子供達と戯《たわむ》れ、妙齢の女性達までが兵隊さんの洗濯を手伝うなどの麗《うるわ》しい風景を見せた」

そして、地域の民衆、商工会代表が、書面をもって安民と商業政治の状態回復を嘆願するために部隊を訪れ、代表と部隊長は「和やかな空気の裡《うち》に握手を交わし歓談した」という。

日中戦争・南京攻略のため、湖州に向け進軍する第114師団

実際に、中国国民が日本軍を歓迎したとは到底考えられず、美談に仕立てられた可能性もある。地域の代表が書面をもって日本軍を訪れたのが事実だとすれば、進軍してくる日本軍と無用な争いを避けようとしたのだろう。

また、これより前の11月21日の東京日日新聞群馬版には、「上陸第一歩、敵掃蕩《そうとう》 杭州湾の各部隊」の記事があり、ここにも中国の一般人の姿が出てくる。「（杭州湾上陸地点の）付近は、上海戦線のように死体を食う野犬はいないが、土民はなかなか安心が出来ない。しかし、一部では憲兵の力によって苦力《クーリー》（中国人労働者）が日章旗を掲げて現れ、賦役《ふえき》や道路清掃で一日六十銭内外の賃銀《ちんぎん》のほかに何よりも有難い飯にありついている。聞けば食糧は支那軍が奪って逃げたとのことだ。日支の親善はこうして下から押しあげられ、実現して行くことだろう」

日本軍は戦闘を続けながら、重い装備を背負って徒歩で長距離の行軍を続けた。その負担を減らすため、行く先々で中国の一般人に協力をさせた。この記事は、その労働者たちのことを描いたものだ。

より穏やかに中国民衆を描いた記事もある。12月14日付の栃木版と群馬版に載った「敵都へ驀進《ばくしん》 裏街道の従軍記」だ。

「日本軍の軍規が厳であることは支那の民衆もほのかに伝え聞いていたのであろう。宜興、溧陽付近の民衆は女、子供まで戦線を逃げていない。陽の温かい午さがりなどは工兵さん達の架橋を面白そうに見ている。『戦争を見物するつもりかもしれない』と思われるほど暢気《のんき》だ」

繰り返しになるが、これも検閲を通った記事であり、文字通り「中国民衆が暢気」だったと受け止めていいかはわからない。それどころか、「民衆は逃げていない」と書くことで、逆説的に、「逃げている民衆」の存在を暗示していると読むこともできる。

日本軍が南京への進軍を続けたこの時期、戦場から新聞社に送られてきた記事は、日本軍の勝利を伝える戦局報道や、戦闘で活躍した将兵の武勇伝が圧倒的に多い。ほかに目につくのは、戦場での日本軍の心温まる小話や国内の家族の話などで、中国の民衆に触れている記事は、私の見た限りとても少なかった。そうした中、限られた数の清六の記事に、何度も中国の民衆の姿が描かれていることは、私には偶然とは思えない。

民衆史の研究者・藤井忠俊氏は著書『兵たちの戦争　手記・日記・体験記を読み解く』で、中国に出征した農民兵士たちが日本の家族に送った手紙を紹介している。そして、「中国では作付はどうか、何が育っているか、どのように実っているかと、農作についての事情を知らせるものが多い」と分析する。我が家での農事を心配する観点から見ているといい、「そうであればこそ、農民の心が通っているといえないでもない」と指摘する。

また、日本政治外交史が専門の学習院大学前学長・井上寿一氏は著書『日中戦争　前線と銃後』で、「兵士たちは、中国の貧困を日本の（おそらくは農村の）貧困と同一視し、両国に共通する問題として認識する視点を持っていた」と指摘している。貧しい農村出身の日本兵にとって、中国の農民は共感の対象にもなったのだ。

日中戦争の勃発以来、日本国内では「暴支膺懲《ぼうしようちょう》」という言葉がスローガンとしてさかんに言われていた。「横暴な中国を懲らしめよ」という意味だ。国民の間に、中国を蔑視する風潮は強かった。

清六が、中国の民衆をどのようなまなざしで見ていたのか、記事から断定することはできない。ただ、血なまぐさい戦場でも、農民出身の清六の目には中国の民衆、農民たちの姿がはっきりと映っていたということだけは確かだ。その姿を「敵」としてではなく「親善」の対象として描いている陰に、農民としての共感があったとみるのは、好意的すぎるだろうか。

南京に入城する松井石根司令官

第三章

南京

最前線、南京へ突入

2019年夏、私は南京市を訪れた。上海から新幹線でわずか2時間ほどの距離だった。車窓に広がる田畑や川を、清六も目にしたのだろうか。たまに出現する近代的な高層ビル群に驚きながら、風景に目をこらした。

約2500年の歴史を持ち、10の王朝や中華民国が都を置いてきたという古都だけあって、南京市内には、多くの名所旧跡が広い範囲に点在している。なかでも有名なのが、元朝~明朝時代にかけ、中心部を取り囲むようにして作られた周囲34キロの城壁や城門だ。何度も戦いの舞台となって破壊されたが、現在は再建が進み、観光名所になっている。

私が向かったのは、城壁の南側に位置する「中華門」だ。中国に現存する最古の城門だという。清六が従軍した第10軍第114師団も、ここから入城した。

最寄り駅の「中華門」で地下鉄を降りた。駅名に名前を冠するぐらいだから、すぐに巨大な門の姿が現れるのかと期待していたが、甘かった。「中国三大かまど」と言われるほどの猛暑で有名な街の炎天下を歩き続け、そびえたつ城門を見上げた時には、15分以上がたっていた。地図を見て抱いていたイメージとはまったく違う距離感に、街の大きさを感じた。それもそのはず、南京市の面積は6582平方キロメートルもあり、東京都のほぼ3倍に当たる。

内側から見た現在の中華門。門が三重に連なり堅固な要塞のようだ＝2019年8月24日、筆者撮影

石造りの城門に入ると、内部には、食糧を保管したり門を守る兵士が身をひそめたりするための空間があった。空気はひんやりとして、外のざわめきが遠く聞こえた。

中華門や南京市の歴史を伝える展示を見ながら階段をのぼりきった先は、城門の上だった。攻めてくる敵に向かって投石するための古い武器などが展示されている。上から眺めると、「中華門」が単純な一つの門ではなく、石造りの三重の門からなる構造であることがわかる。幅118メートル、奥行き128メートルもあるといい、まるで一つの要塞のようだ。城門の周辺には、視界いっぱいに街並みが広がっていた。

この城門をめぐって、日本軍と中国軍の間に激しい攻防戦が繰り広げられたのだ。そして、広大な街のいたるところで多くの命が失われたのだ。当時も、その全体像をつかむことは容易ではなかっただろう。大勢の観光客にまじり、私は80年前の混乱と、その中を走り回る清六の姿を想像した。

南京は街の北西を長江が流れ、日本軍は東から上海派遣軍、南から第10軍が攻撃した。第114師団は雨花台などの激戦地を経て中華門を目指していた。清六は1937年12月10日付で「〝傷は浅いぞ〟と陣頭に　方山要塞に決死の攻撃」の記事を書いている。

この時の清六について書かれた文章を、当時の社報で見つけた。戦闘に参加した兵士の一人が郷里の新聞販売所に送った手紙だ。

「敵砲弾の集中射撃を浴びて部隊長が名誉の戦傷をされた時、私の後からやって来た貴社の伊藤清六特派員は泥塗《どろまみ》れの顔でニコニコ笑いながら『奴らもなかなかやるネ』といいながら原稿用紙に鉛筆を走らせていました。あの大胆さには将兵ともに感心しておりました」

中国政府は既に首都を南京から重慶に移していたが、南京死守の方針は堅持していた。日本軍は9日、開城・投降を勧告したものの拒否され、10日、総攻撃を命令。激戦が続いた。

この間、日本の新聞は攻略の報道を大展開し、先走って勝利を伝えた。東京日日新聞は11日付で「皇軍勇躍南京へ入城　敵首都城頭に歴史的日章旗」、東京朝日新聞も同日付で「祝・敵首都陥落　南京城門に日章旗」と報じている。日本国内では各地で提灯《ちょうちん》行列やアドバルーンの打ち上げが行われ、祝賀ムードに包まれた。だが、実際に陥落したのは13日のことだ。フライングした東日、朝日の2紙は翌14日、「完全占領」という苦しい表現で報じた。

従軍記者はどのように入城したのだろうか。陥落前日の12日に中国軍が撤退方針に転じ、同日から13日にかけて日本軍は続々と城内に進入した。元兵士の証言などで第114師団について記した約40年前の栃木新聞の連載「野州兵団の軌跡」にこんな場面がある。

13日朝、中華門突入には第66連隊長とともに「勇敢な新聞記者二人も鉄カブトをかぶって同行」し、「いよいよ南京一番乗りですね」と言った――。

この記者が誰かはわからない。だが、軍隊と寝食をともにするだけでなく、最前線の城門突入にまで同行するほどの軍への密着ぶりに驚いた。

似たような状況をどこかで読んだような気がして、清六の記事をもう一度読み返してみると、さかのぼる12月5日付の群馬版に、これを彷彿《ほうふつ》させる記事があった。「湖州にて、伊藤（清）発」の署名入りだ。第114師団の第115連隊が、南京の南東に位置する湖州城を攻撃する様子を報告している。

「記者は中島特派員（写真記者）とともに従軍記者としてただ一人この壮烈な戦闘に従ったのだ」

記事には、「城壁を破って凱歌《がいか》！」の見出しがついている。やはり、清六は最前線で兵士たちと行動を共にしていた。記者と兵士――。手にするものはペンと銃とで異なっても、同じ戦場に立ち、共に死線をくぐりぬけるうちに強い連帯感が芽生えていったとしてもおかしくはない。

捕虜殺害、記事触れず

南京陥落から一夜明けた1937年12月14日。毎日新聞の前身、東京日日新聞と大阪毎日新聞は市中心部の旅館を特派員の宿舎として使い始めた。社の記録によると「室数六十余の一流大ホテルにて、わが社の特派員六十余名はみな一室ずつ占拠」し、「敵首都占領の喜びにひたり祝盃《しゅくはい》をあげつつ皇軍万歳を三唱」したという。

半月後、清六の長兄清一に清六の妻セイ子が送った手紙には「三日ばかり前、四十余日ぶりで主人からみ便りが来ました。毎日南京米と味噌《みそ》ばかり、風呂も四十日ぶりで入ったとか」。上海からの1カ月に及ぶ従軍の末、ようやく一息つけたのだろう。

陥落前後の南京の様子を調べていると、写真記者だった佐藤振壽氏の著書に一枚の記念写真を見つけた。

14日に東京日日、大阪毎日の記者、カメラマン、無電技師、運転手や連絡員ら全員が宿舎前に集い、撮影された。多くは背広姿で、腕には報道関係者であることを示す腕章を巻き、脚元はゲートル巻きが目立つ。既にジャーナリストとして知られていた大宅壮一の姿

南京攻略戦を取材した東京日日新聞、大阪毎日新聞の記者たち＝南京の宿舎だった旅館前で 1937 年 12 月 14 日撮影、元毎日新聞写真記者・佐藤振壽著『上海・南京　見た撮った』より

もある。後方にひるがえる旗は、星型に「毎」の字をかたどった社旗だ。彼らの多くがリラックスした表情をしている。

日本軍は兵士も記者も、「南京が落ちれば戦争は終わる」と信じていた。だからこそ、南京への進軍に無理を重ねていたのだ。「一仕事終えた」。写真に映る記者たちの表情には、そういう満足と安堵が表れているように見えた。

だがこのころ、現地では日本兵による捕虜や民間人の殺害、強姦《ごうかん》や略奪が相次いでいた。「南京事件」だ。直後に外国人記者たちが告発し世界に知られたが、日本では戦後の東京裁判などで詳細が明らかにされた。

虐殺の犠牲者数について中国政府は30万人以上と主張、日本の研究者の間では2万～20万人と諸説があり、論争が続く。現在、日本政府は公式見解として「非戦闘員の殺害や略奪行為等があったことは否定できない」と認めたうえで、被害者数については「政府としてどれが正しい数かを認定することは困難」としている。

栃木新聞の連載「野州兵団の軌跡」には、南京を目指して進軍を続けた兵たちの苦難の様子が詳細に描かれている。補給はなく、現地で徴発したであろう生の白菜をかじり、飢えと疲労に耐え、ただ南京を目指した。

こうした無理な行軍が、南京事件につながっていった。日本と中国が共同で取り組み、2010年に発表された「日中歴史共同研究」の報告書では、南京で虐殺、強姦、略奪などが多発した背景として、日本軍に捕虜取り扱いの指針や占領後の住民保護計画がなかったことや、軍が食糧や物資の補給を無視したため略奪が起き、それが暴力行為を誘発したことなどが指摘されている。

17日、南京城内への入城式が行われた。日本軍の司令官だった松井石根《まついいわね》大将らが、選抜された各部隊の兵士を馬上から見下ろしながらメインストリートの中山路を行進した。その様子は、南京陥落を象徴する場面の一つと言っていいだろう。日本軍にとっては勝利と威光を示すための重要な晴れ舞台だった。松井大将は日記に「未曾有の盛事、感慨無量なり」と記している。

だが、この入城式もまた、南京事件を引き起こす原因の一つとなった。陥落からわずか4日後に入城式を行うために、日本軍はまだ城内にいた中国兵の掃討作戦を強行したのだ。中国兵は、軍服を脱ぎ捨てて市民の間に紛《まぎ》れ込んで抵抗や脱出をはかった。そのため、日本軍は、兵と市民の区別を曖昧にしたまま見境なく殺害に及ぶ結果となった。

南京で、清六は何を書いたのだろうか。全国版には記事がなかったが、地方版の中に、この入城式についての記事を見つけた。

12月18日付の栃木版には「山田部隊堂々南京入城」の5段見出し、群馬版には「晴れの南京入城式」の見出しが躍る。

記事はいずれも同じ内容で、簡潔なものだ。

「【南京にて伊藤（清）特派員発】山田（常）、矢ケ崎、山本、千葉の各部隊は十七日入城式にあたり中山門内壁上から中山路一キロ付近南側に堵列《とれつ》し、松井将軍の晴れの閲兵式《えっぺいしき》

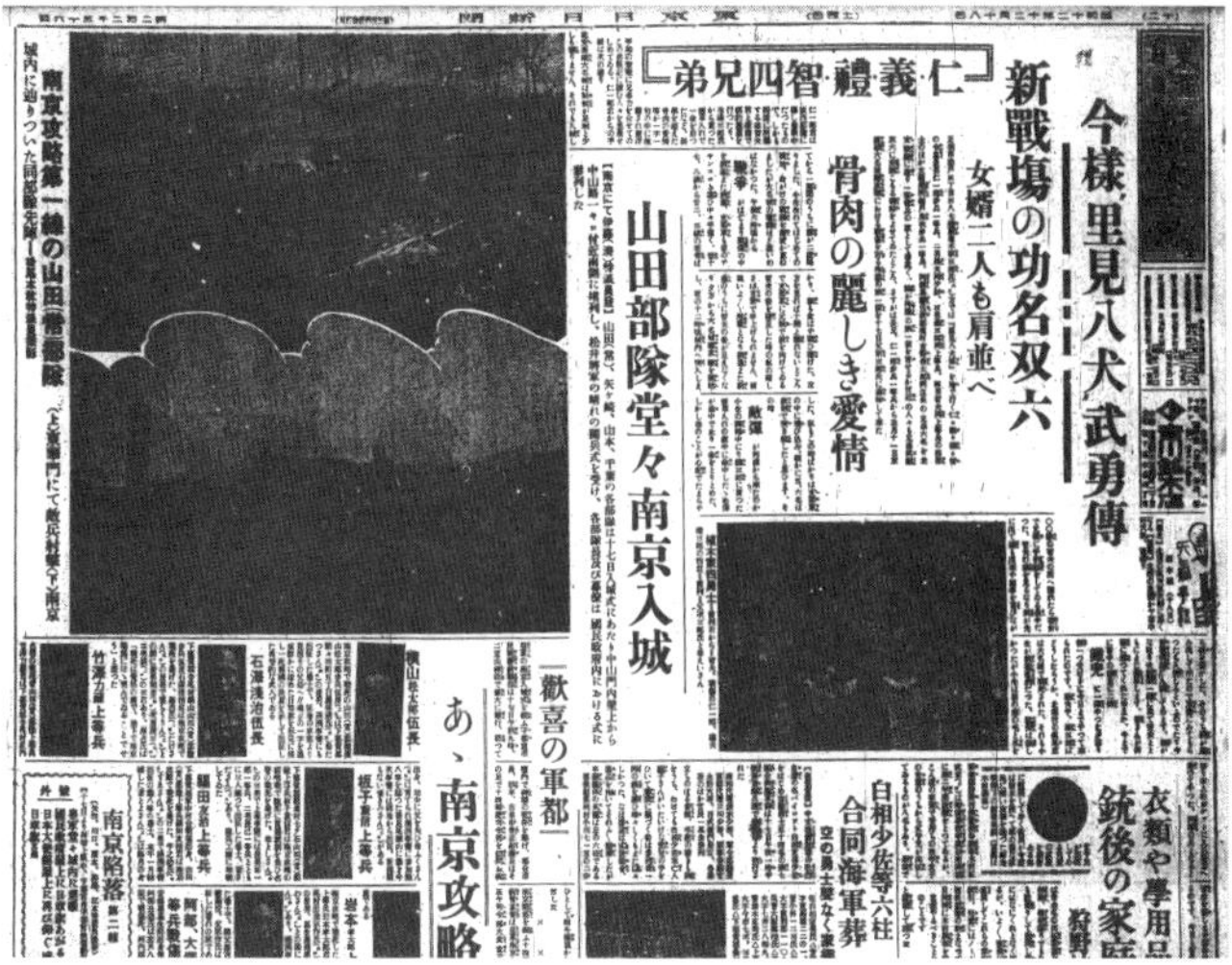

今様 里見八犬武勇傳

新戰場の功名双六

女婿二人も肩並べ

骨肉の麗しき愛情

仁義禮智四兄弟

山田部隊堂々南京入城

南京攻略第一線の山田部隊

歓喜の軍部

あゝ南京攻略

衣類や學用品

銃後の家庭

1937 年 12 月 18 日付東京日日新聞栃木版の紙面

を受け、各部隊長及び幕僚は国民政府内における式に参列した」

清六がこの入城式をどのように取材したのか、記事からはわからない。記録も残っていない。だが、入城する兵士たちの後ろから、記者の一団が入城してきた光景を描いた文章がある。読売新聞から委嘱を受けて南京入りした詩人・西條《さいじょう》八十《やそ》が書いたものだ。

「その列の末尾に、カーキー色の軍服めいた服装をした、新聞記者の一団。言い合わせたように白い布で包んだ箱を背負って進んでくる。事変髭《じへんひげ》がボウボウとのびて、みんな栄養不良の蒼い顔だ」

白い布で包んだ箱とは、戦場で亡くなった同僚の遺骨だったという。

記者たちにとっても、1カ月に及ぶ従軍生活を締めくくる重要な出来事だったと言えるだろう。

では、南京事件に関わることについて、清六は何か書いているのだろうか。私は、必死になって記事を探し続けた。

「白旗掲げて降伏　捕虜何と千五百名」

12月24日付の栃木版に、こんな見出しの署名記事を見つけた。

「山田部隊高柳准尉の率いる一隊は去る十二日南京城外で激戦中、たまたま倉庫を襲撃した際付近に陣地を持って抵抗中の敵と遭遇し、戦車隊と協力のもとにこれを包囲し殲滅《せんめつ》せんとしたが敵軍中から白旗を掲げ降伏して来たので総計一千五百二十名を捕虜とし偉勲《いくん》をたてた」

記事には捕虜のその後を伝える続報はなかった。

だが、清六が従軍していた第114師団第66連隊第1大隊の公的記録「戦闘詳報」に手がかりがあった。

この資料には、12日午後に「捕虜一五〇〇〇余名」を捕らえたとの記述があり、清六の記事と部隊名、状況、人数などが符合する。捕虜はいったん中華門南方の洋館や近くのくぼ地に収容され、食事も提供された。だが、13日午後になって「旅団命令ニヨリ、捕虜ハ全部殺スベシ」との捕虜の殺害命令が出された。さらに、午後5時から7時半にかけ、命令に従って各中隊が捕虜を50人ずつ連れ出して刺殺したことも生々しく記録されている。

捕虜の殺害は国際法違反にあたるが、実際に殺害したり目撃したりしたという日本兵の証言は数々残されている。多くは小集団によるものだった。そうした中、この資料は、日本軍が組織的に捕虜を殺害した証拠として、研究者たちが検討を重ねてきた重要なものだ。

戦闘詳報に記録されている捕虜の殺害を、それまで軍と行動を共にしてきた清六が知らなかったとは考えにくい。12日の出来事が24日付で掲載されていることも不思議だ。検閲があったからなのだろうか。

私は、特派員たちが宿舎前で並んだ笑顔の記念写真をもう一度見てみた。撮影日は14日、捕虜殺害があった13日の翌日の朝のことだ。

南京の惨状との落差は、あまりにも大きかった。

変質した「理想」

今日は特別な日なのだろうか。

2019年夏、南京で「侵華日軍南京大屠殺遇難同胞紀念館」に向かっていた私は最寄りの地下鉄駅を出て驚いた。休日とはいえ記念館の前の広場は入り口が見えないほどの混雑ぶりで、子供連れも多い。中国での南京事件への関心の高さを実感した。

列に並びながら、私は緊張していた。当時まだ6歳の長男と2歳の長女を連れていたからだ。子供たちを南京に連れて行くことは、何カ月も夫と話し合って決めたことだった。「平和学習」とは言っても、あまりに小さいうちに悲惨な場面を見せるのは衝撃が大きすぎ、トラウマになってしまう、との批判があることは承知していた。

私自身、小学生のころにテレビで見た映画「黒い雨」で広島の被爆直後の再現映像を見てから数年間、戦争に関する映像が見られなくなった。だが、映像を見たことを後悔してはいない。私にとって数年間という期間は、事実を受け止めるのに必要な時間だったのだと思っている。

結局、年齢なりに感じることがあるだろう、行ってみて拒否反応を示すようならばすぐに退館しよう、と決め、家族で行くことにしたのだ。炎天下、娘が「だっこ」と大きな声を出すたび、私たちが日本人であることが周りにどう受け止められるのか気になったが、特に反応はなかった。

1時間以上も並んで館内に入ってまもなく、娘は眠ってしまったが、長男は熱心に日本語の説明文を読んでいた。心配しすぎたのかもしれない。周りでは、同じ年頃の中国の子供たちが同じように展示を見ていた。

南京事件を伝える記念館の入り口に展示された彫像＝2019年8月25日、筆者撮影

館内の主要展示の一つである、遺骨が埋まった「万人坑」に目を向けると、そこには同じ年頃の子供たちの小さな遺骨があった。この子供たちがいかにして

命を失うことになったのか、想像すると胸が苦しくなった。

館内を進むと、「日本当局の虚偽宣伝」という一角があった。「日本の戦時報道統制政策の下では、日本軍の罪悪的な行状は隠ぺいされた分もあった」との説明書きがあり、日本軍が検閲で不許可とした残虐な写真も展示されている。

その中の一枚を前に、足が止まった。東京日日新聞と大阪毎日新聞の特派員たちが、宿舎にした旅館の前で撮った、あの集合写真だ。清六らしき顔も、飄々《ひょうひょう》とした表情でこちらを見ている。何度も見ていた写真だったが、日本軍の加害行為を示す展示の中に置かれたことで、当時の報道が何をもたらしたかがいっそう生々しく感じられた。

清六の人生を追ってきた私は、南京への特派員派遣が新聞社での厳しい競争に勝ち抜き、努力を重ねた末につかんだ成果だったことを知っていた。一方で、報道統制の中で戦場の惨状を伝えなかった記者たちが、虐殺などを行った「加害者」の一員であるという事実は重い。日本軍が中国人に対して行った非道な行いを目の当たりにし、私は申し訳なさといたたまれなさを抱えたまま、記念館を後にした。

新聞時代社発行の『日本戦争外史　従軍記者』によると、日中戦争では1937年の1年間に従軍記者9人が死亡した。大阪毎日の特派員として清六と同時期に上海戦線に従軍した前述の藤田信勝氏は、著書『体験的新聞論』の中でこう記している。

「いま考えて不思議でしょうがないことがある。戦場で日本兵の死体をみると悲痛な感情が本能的にこみあげてくるのに、中国兵の死体をみても、そういう感情がおこらなかったということだ」

自身を「リベラリストであり、新聞記者」だと思っていた藤田氏が「戦場という舞台にほうりこまれると、まったく別な心理に支配されてしまう」と回想している。その言葉に、私は死と隣り合わせの戦場で変化を迫られていった清六の姿を重ねた。

帰国後、各地で講演

1938（昭和13）年の新年早々、特派員だった清六は帰国した。夫の帰りを待ちわびていた妻セイ子が、岩手に住む清六の兄清一に宛てた手紙には「やせては参りましたが相変わらず元気で忙しく働いています」とある。

南京陥落後、新聞社は特派員を次々と帰国させた。1938年1月1日付の社報は、特派員が従軍中に書いた手紙を紹介している。

「人生、戦争にまさるスリルなしだ」

「大追撃戦に参加いたし大変なラッキーボーイと幸福に考え居候《おりそうろう》」

興奮した言葉が続く。

帰国した特派員には大きな仕事が待っていた。新聞社や自治体の主催で戦況を報告する講演会だ。

講演会は、新聞社にとっては絶好の宣伝機会に、記者にとっては故郷に錦を飾る機会に、そして、地域住民にとっては戦地にいる家族や地域出身部隊の活躍を知る機会となった。

清六は郷里の岩手、初任地の栃木など19カ所で講演した。

東京日日新聞岩手版では2月5日付で「戦況報告講演会」の告知が掲載され、連日その様子が伝えられた。その多くは、講演会が盛況だったことをごく短く報告するにとどまり、清六が何を語ったのか詳細は不明だ。だが、6日付の記事は、簡潔ながら講演内容が紹介されており、その一端をうかがい知ることができる。講演は当時の岩手県花巻町（現花巻市）で行われた。

「（伊藤特派員は）飢餓、泥濘《でいねい》と戦った南京攻略の無敵皇軍の辛苦を語り、最後に某部隊長から『戦争は引受けた、銃後の精神団結をたのむ』と同特派員に託した伝言を披露し聴衆に多大の感銘を与え」たという。

8日に母校の小学校で開かれた際は「俺《おら》が村の従軍記者」の話を聞こうと「定刻前から大入り満員」だったとある。

清六の講演を写真入りで報じた1938年2月7日付の東京日日新聞岩手版

おそらく、この帰郷の折のことではないだろうか、清六は、兄嫁のまつをに戦地での売春施設である「慰安所」の話をしたという。その時の様子を、まつをが晩年に語っている。

「みんな、慰安所に行くんだど。お金出して行くんだって。『おれは一遍も遊ばないできたが、おそらく一遍も遊ばない人はいないだろう』って、直接本人から聞いたよ。そういうところに行かないで、清い身体で帰って来たって」（石川純子『まつを媼　百歳を生きる力』）

従軍した清六が、戦地で何を見て、何をしたのか。その小さな事実を拾い集めては一喜一憂していた私は、この清六の発言に少しほっとした。

郷里での講演会を終え、東京に戻った清六は、村の助役として開催に協力した長兄清一に礼状を送った。「当時は非常に疲労していて実はうんざり」していたと明かしつつも、手応えを感じていたようだ。

「いま考えてみると小生の郷里訪問は大いに意義があったと考えています。地方の名士に会えただけでもいいのに講演の練習ができたのですからこんないいことはないです」

後日、清一の家から地域面に載った講演会の記事が届いた。妻セイ子は「之《これ》も亦《また》記念になりますもの。（清六が）どんなにか喜ぶでしょう。思い出の一つとしてはって置くことに致しました」と返事を書いた。

記者としての箔《はく》をつけ、清六は日常に戻っていった。泥をかき分け、砲弾をくぐり抜け、つぶさに目撃したはずの戦場の悲惨は、一度は記憶の中にしまい込まれた。

この時、7年後に再び戦地へ赴き、フィリピンの山中で最期を迎えようとは思ってもいなかっただろう。

戦時中の米の供出（新潟県）

第四章 統制

正社員登用

日中戦争の特派員としての働きが認められた清六は、1938（昭和13）年7月1日、東京日日新聞（毎日新聞の前身）の正社員に登用された。

清六と同じ時期に準社員となり、同時期に南京へ派遣された別の記者も正社員に登用された。OB会誌でこう振り返っている。

「日支事変（日中戦争）勝ち戦さの真っ最中、南京攻略戦に従軍し銃弾を潜って、南京入り、すぐ上海にトンボ帰り、別作戦のため、軍用船で台湾に。高雄市の旅館で待機中、私に関する電報『シャインニトウヨウス』。同じチームだった大毎（大阪毎日新聞）の特派員は『ナーンダ社員じゃなかったのか』とこの東日特派員を見下した。それでも私は、これで本社との〝内縁関係〟から正式に入籍された訳である。全く命がけで勝ち取った社員だ」（鈴木二郎「社員への道」『有楽ペン供養』第8集）

清六にとっても、狭き門をくぐり抜け、勝ち取った正社員の椅子だった。

日中戦争を機に、日本は経済統制を始めていた。1938年4月に国家総動員法が公布されると、政府は物資の生産・配給・輸送や労働力の徴発、企業の管理など広範囲にわたって、議会を通さず、勅令《ちょくれい》によって統制を加えられるようになった。

農業分野では、担い手が戦争に駆り出されたり、生産資材、肥料が不足したりしたことによって、食糧不足が悪化していた。政府は増産を目指して農地を管理下に置くとともに、1940年には、米を強制的に買い取る供出制度を始めた。

清六は、1944年にフィリピンに出向するまでの約6年間、統制されていく農業分野を取材し、筆を振るった。

「議会に於《お》ける農村問題議論もややだるみ加減、僕が一度帰郷して（講演を）一席やりたいほど勉強をしました」

1940年3月。帝国議会の取材に当たっていた清六は、長兄清一に手紙を書き送った。この第75回帝国議会中の2月2日には、民政党の斎藤隆夫議員が、衆議院本会議で代表質問を行った。軍部を批判し、議員除名処分を受けることになる「反軍演説」だ。

斎藤は、勃発《ぼっぱつ》から2年半となり、多大な犠牲が出ている日中戦争をどう終結させるか、その見通しを問いただした。そして、

1940年2月2日、衆院本会議で質問する民政党・斎藤隆夫議員。この日の発言で戦争目的について批判的な意見を述べて問題となる。翌3月衆院議員を除名された。

「ただいたずらに聖戦の美名に隠れて、国民的犠牲を閑却《かんきゃく》し、曰《いわ》く国際正義、曰く道義外交、曰く共存共栄、曰く世界の平和、かくのごとき雲を摑《つか》むような文字を列《なら》べ立てて、そうして千載一遇の機会を逸し、国家百年の大計を誤るようなことがありましたならば、現在の政治家は死してもその罪を滅ぼすことは出来ない」

と大局観を持たない軍部を批判した。この演説は陸軍の怒りを買って後半部分が議事録から削除され、斎藤は3月7日、除名処分を受けた。この出来事を機に、議会は軍部の暴走の前に声を上げることをやめた。

「反軍演説」と呼ばれるこの演説だが、斎藤は、戦争そのものを否定しているわけではない。むしろ、国益を得るために戦争を肯定した上で、その具体的な手法を批判しているにすぎない。

雑誌「改造」（1940年3月号）に掲載の座談会「七十五議会の審判」には、この演説についてのやりとりがある。「問題になった要点はどういうところですか？」との問いに、当時衆院議員で、戦後は首相も務めた芦田均が「誰にもわからない（笑声）」と答えている。また、現在の日本経済新聞の前身・中外商業新報の編集局長だった小汀利得《おばまとしえ》は「結局聴いている時は、議場もそうだったろうし、新聞記者なんかも、言葉にちょっと穏当でないものを感じたそうだけれど、大体何でもなく聴いていたそうじゃありませんか」と発言している。

それでも軍部の怒りを誘うほど、当時は自由な言論が許されていなかったのだ。

斎藤の演説は前評判が高かったため、傍聴席は満員だったという。連日、議会を取材していた清六も、この演説を聞いていたはずだ。

検閲との闘い

私は当初、清六にとってのこの時期を、日中戦争従軍と太平洋戦争開戦の間の「つかの間の平和」と考えていた。だが、国内でも闘いの日々を送ることになった。

政府・軍部は、日中戦争をきっかけに「国民精神総動員運動」を始め、天皇を神格化し、軍国主義を推し進めた。反軍演説のあった1940年の12月には、内閣情報部が内閣情報局に格上げされ、新聞、出版、映画や演劇などに対する検閲が強化された。こうして、言論の自由は大幅に制限されていった。

東京日日新聞は1940年9月、検閲課を創設している。紙面編集を担った当時の整理部長・岩佐直喜氏が戦後、日本新聞協会の聞き取りに対し、創設の経緯を証言している（『別冊新聞研究　聴きとりでつづる新聞史』22号）。それによると、整理部には以前から検閲で記事が差し止められないように「作戦帳」があったという。「一種のエンマ帳ですから、差し止められたものが全部貼ってあるわけです」。それを見ながら記事を載せた。

1931年の満州事変以来、社が内務省や陸海軍、外務省などから指示された掲載禁止・注意事項は1940年までに千数百に達した。いちいち見ていたのでは間に合わず、「生き字引みたいに頭の中に入れておく専門の係」として検閲課が作られたという。国による検閲で掲載が禁止されるだけではなく、新聞社自らが国の意向をくみ取って、自らの手足を縛っていくための体制を整えていった側面もあるということだ。

検閲課は後に検閲部に昇格された。毎日新聞社には、検閲部が、国からの指示や対応をまとめた「検閲週報」の資料が残っている。それによると、農政関係では1943年4月の米の値上げについて、次のような指示があった。

物価の値上げを主張、予想する事項は不可▽物価の値上げ陳情、賃金値上げ要求運動の状況は不可▽国民生活の圧迫であるとの不平不満は不可……。

これでは、国民が知りたい今後の生活の見通しは、ほとんど書けなかっただろう。

一方で、新聞社の生命線である情報を独自に入手するための努力は続けられた。

1941年12月の太平洋戦争開戦で、毎日新聞は、海外情報を入手する公的な手段を失った。海外通信社からの配信を受けられなくなり、特派員も通信事情の悪化などでほぼ活動停止状態となったのだ。そこで、東京本社に秘密裏に作られたのが、女子トイレを改造

毎日新聞
昭和二十年五月九日 水曜日

沖縄 我陣前で激戰展開
荒鷲北飛行場を攻撃 十三ヶ所を炎上
南部を艦砲射撃
沖縄本島
空母に大損害 潜水部隊活躍
油田地帯砲撃 タラカン敵新上陸を企圖
全獨軍、無條件降伏
デーニッツ總統發表
七日、北佛で調印
これ以上の戰鬪無意味 獨外相聲明
三國同時聲明
歐洲情勢説明 外相閣議で
P51六十五機侵入 一部帝都へ 千葉縣下
獨の悲運と皇國の大道 德富猪一郎（下）
獨軍降伏までの作戰經過
チェッコの獨軍抗戰

ドイツの無条件降伏を伝える 1945 年 5 月 9 日毎日新聞朝刊。紙面にはストックホルムなど中立国の地名がついたクレジットが見える。

した「欧米部別室」だ。ここで得られた情報は、ストックホルムやチューリヒなど中立国からの記事の体裁をとって紙面を飾った。

毎日新聞社の社史『「毎日」の3世紀　新聞が見つめた激流130年』などによると、開戦当日から、禁じられていた短波ラジオを24時間態勢で傍受《ぼうじゅ》し、海外情報を手に入れた。これによって、本社の幹部は戦局の推移、世界の動きについて正確な認識を持つことができたという。社内ではいつしか「便所通信」と呼ばれ、1945年8月15日の終戦まで続いた。

農村の窮状伝える

この頃の新聞には署名がないため、清六が書いた記事は特定できない。だが、1943年5月13日の朝刊1面に、「食糧増産の実情検討」と題し、毎日新聞社が主催した座談会の記事が載っている。この出席者のリストに、清六の名前があった。

記事は、座談会の意義についてこう説明している。

「本社は今回、専門記者を全国主要地に特派し、指導当局のみならず親しく篤農家《とくのうか》を訪れしめ、食糧増産に挺身《ていしん》する農民の真姿をつきとめ併せて『どうすれば増産できるか』を収穫してきたが、この機会に農林省当局、民間権威等の出席を求め、座談会の形式で報告し、食糧増産大運動の先鞭《せんべん》とすることとした」

つまり、経済部の記者たちが、全国の主要産地を訪ねて回った報告を行い、農林省（当時）の幹部や農業団体の関係者らを招いて語り合うという試みだ。

座談会ではまず、「食糧増産に対する農民の熱意」について司会者が問い、記者側の口火を切って清六が発言している。

「増産熱意の問題だが、これは米がいくらとれた、馬鈴薯《ばれいしょ》がいくらとれた、という数字で表すものではないと思う。例えば少なくとれても増産の熱意は相当なものだ。一般的に熱意がなくなっているといわれているようだが、頭の切り替えをやった農民の姿は非常に尊敬すべきだと思う」

戦時下で、労力や資材が圧迫されるなかで生産に励む農民に寄り添った発言だ。そして、増産のためには収穫の少ない農家に技術を伝えることが必要だと説明し、すぐれた指導者のいる地域の成功例をあげている。

また、増産を阻《はば》む理由として、労力が足りないこと、労賃が低いこと、果樹の価格が高いため米の農地確保が難しいことにもふれた。

座談会は、25日まで9回に分けて大きく掲載された。農地や農具、機械化、二毛作などのテーマで記者から報告があり、意見が交換された。だが、農林省の役人が参加していたこともあってか、内容はおおむね現状報告にとどまっており、踏み込んだ政策提言や批判は見られない。

この座談会以外に、清六の農政記者としての仕事ぶりを推し量ることは、新聞紙面からはできなかった。

だが、国会図書館には、1940年から43年にかけて雑誌に掲載された清六の記事が多数残されていた。そのテーマは、「議会における肥料問題」「木炭増産」のようなものから、徐々に「企業の統制」「食糧不足への対応」のように戦時体制を色濃く反映したものに変わっていく。

そうした記事の一つに、1943年6月の「時局情報」に掲載された全国の米の主要産地を訪ねたレポートがあった。時期的にも内容的にも、座談会のために全国の主要産地を回った時のことをまとめたものと考えて間違いないだろう。

「(食糧事情の)打開の重責を負うて農民は戦っている」

冒頭で、清六は労働力や生産資材などが減少する中で生産に取り組む「戦う農村」を称えた。

そして、各地で見られた増産の成功事例を紹介したうえで、いくつかの提言もしている。例えば、当時、農村にとって大きな負担となっていた米の供出制度についてだ。収穫分すべてを供出させるそれまでのやり方を改め、あらかじめ決めておいた供出量を上回った分は農家自身に保有させるという案を示している。作っても手元に食糧が残らない現状を変え、農家に利益が出るやり方を取り入れようとするものだ。

このほか、他産業より低い農繁期の日雇いの労賃を上げたり、小作制度を改善したりすることも求めている。新聞の座談会では、増産を阻むのは「労力が足りないこと、労賃が低いこと」と簡単にふれただけだったが、レポートではより踏み込んでいる。農村の人手不足の背景に、兵士としての出征だけでなく、他産業に比べて農業の労賃が低いことによる離農が後をたたなかったという実態があったことを踏まえた提案だった。

厳しい検閲基準に照らせば政策批判になりかねない内容が、表現に気を遣いつつ、盛り込まれていた。

「農村を豊かにしたい」。そんな熱い思いを抱き、宇都宮高等農林学校時代に書いた論文「農民運動論」から、主張は何も変わっていない。それは、農村を取り巻く状況が15年以上たっても改善していないということでもあった。戦場で軍と一体化した報道を担った清六だが、必死に伝えるべきものを伝えようとしていた。

戦後、毎日新聞が物故社員の記録をまとめた書籍『東西南北』に、同僚による追悼文がある。

「兄《けい》（清六）は当世流行の足の地につかない観念的な農政評論家では決してなかった。日本の農業に脈々として流れる、血と土の精神を把握した、わが国農業の指導者であった。兄は自分の生涯を日本の農業のために捧《ささ》げることをもって最上とし、そして自己の血をこの国の土に培うことを念願しておられたであろう」

農民が都市や資本家の犠牲になってきた歴史を変えねばならない。そんな若き日の憤りは、まだ心の奥から消えてはいなかった。

戦火迫るマニラへ

日中戦争は長期化し、アメリカは、中国を攻め続ける日本への経済制裁を強めていた。これに対し、日本は１９４０（昭和15）年９月に日独伊三国同盟を結んでアメリカをけん制した。さらに、欧米の植民地支配からアジア諸国を解放し、共存共栄する「大東亜共栄圏」の確立をめざして南方への進出を図った。

清六が1941年2月に長兄清一に送った手紙には「毎日議会に出ていますが、時局の重圧、日米関係悪化の影響をひしひしと感じます」とある。前年10月に既成政党が解党して「大政翼賛会《たいせいよくさんかい》」が結成され、帝国議会の無力化が進んでいた。

1941年7月、日本軍がフランス領インドシナ（現在のベトナム）南部に進駐すると、アメリカは日本への石油輸出を全面的に禁止し、日米関係は悪化する。そして、交渉は行き詰まりを迎えた。

1941年12月8日、日本はハワイの真珠湾を攻撃し、太平洋戦争が始まった。この日、清六は珍しく高揚した筆致で清一に手紙を書いた。

「米英に対する宣戦布告で東京は『やったな』という気持ちで沸き返っています。社は緊張のルツボです。但し小生は今後は従軍や徴用などのことはなく、農林省の責任記者として残ることになるでしょう」

日本軍は、開戦から約半年でグアム島や香港、シンガポール、インドネシア、ビルマ、フィリピンなどを次々に占領し、東南アジアのほぼ全域を制圧した。だが、日本が勝利に沸いたのはわずかな期間だった。

アメリカは圧倒的な物量で反撃に転じ、1942年6月のミッドウェー海戦、1943年2月のガダルカナル島からの撤退、5月のアッツ島守備隊全滅と、戦局は徐々に不利になっていく。

守勢に回った日本は1943年9月、本土防衛に必要な地域としてフィリピンを含む「絶対国防圏」を設定した。

戦局の悪化につれ、新聞社も変化を迫られていた。1936年に朝夕刊合わせ1日20ページあった東京日日新聞は、新聞用紙の不足によって徐々に薄っぺらになっていく。1943年6月には週に1度、2ページだけの新聞が現れるようになり、1944年11月には連日2ページになった。それに先立つ3月には夕刊も廃止されており、記者たちは、取材の成果を伝える場を失っていった。日中戦争勃発で需要が高まった地方版の制作地域も、太平洋戦争開戦時の92地域から減少の一途をたどり、終戦時には姿を消してしまった。

人員不足も加速した。兵士や従軍記者として戦地に向かったり、戦死、殉職《じゅんしょく》したりして人は減る一方だった。

新聞社が開店休業状態になっていく中、もう戦地に行くことはないと信じていた清六も

筆者の祖父のアルバムにあった親族の集合写真。旭日旗の後ろ（右から２人目）に立つのが清六。末弟（中央）が出征した1939年の撮影とみられる。

再び戦地に送り出されることになる。

清六は1943年の12月、甥である私の祖父二郎に宛てたはがきに、東京に住む子供たちを岩手の実家に疎開《そかい》させ、「小生はお正月下旬に南方に行く予定です」と書いている。

辞令は1944年3月21日付だが、出発は予定より遅れたようだ。4月6日、長兄清一は弟の訪問を日記に記している。

「例の通り飄然《ひょうぜん》と清六君来る。今度マニラに出向の為《ため》お別れに来た。兄弟は何時会っても懐かしい。清六君のあっさりした気性は俺は大好きだ」

ガダルカナル島で勝利を収めた米軍はソロモン諸島、ニューギニアと飛び石伝いに進攻していた。近いうちにフィリピンが戦場になることは容易に想像された。当時の編集総長・高田元三郎氏は、清六の後にフィリピン行きを命じた別の記者から「私に死ににに行けというのですか」と沈痛な顔で訴えられたと著書『記者の手帖から』に残している。

当時37歳だった清六は、再び戦場に送り込まれることになった運命をどう受け止めたのだろう。その心情を吐露した手紙は見当たらない。だが心穏やかではなかったはずだ。最初の妻セイ子を病気で亡くして再婚し、3人の子がいた。妻のおなかには4人目の子も宿っていた。

長兄清一には、矢継ぎ早に、家族や子供を託《たく》す手紙を書き送っていた。

「家族や子供の処置について今後いろいろお世話になると存じますが、この際よろしく頼みます」

「この際」の3文字は、傍らに白丸がつき、強調されている。もう帰れない。そう覚悟していたのかもしれない。

家族の疎開や学校の手配などを慌ただしく済ませ、清六は戦火の迫るマニラへと旅立った。

第五章

暗転

米軍のルソン島突入で炎上するマニラ市街

占領下マニラ　光と影

２０２０年3月、私は、清六の足取りをたどるため、マニラに向かう飛行機の中にいた。離陸を告げるアナウンスが流れると、急に涙があふれ出した。自分でも思いがけない反応だった。新型コロナウイルスの流行が始まり、機内はマスクの着用が義務づけられていた。誰もが言葉少なだった。急な都市封鎖や混乱に巻き込まれるかもしれない。子供たちと、また無事に会えるだろうか。

眼下に流れていく街並みを眺めながら、清六の旅立ちについて考えていた。まだ幼い子供たちを残して見知らぬ土地へ向かう不安や恐れ。果たすべき職務への気負い。期せずして、自分が清六のマニラ行きを追体験している気がした。

76年前、清六がどのようにしてマニラに渡ったか、記録は残っていない。しかし、同時期の記者たちの記録から推察すると、社有機を利用したか、軍用機に同乗し、九州や那覇、台湾などを経由して向かったのだろう。帰国の予定などなかったに違いない。機内で人知れず、悲壮な決意を固めていたのかもしれない。

初めて訪れたマニラは、色彩豊かな街だった。空港から市中心部に向かう道中、街路樹には赤や白、紫の花が咲き乱れていた。

壊れたままの民家に近代的なビル、トラックを改造し人を満載したジープニーに、携帯電話のアプリですぐに来てくれる冷房の効いた快適なタクシー……。街を歩くと、新しいもの、古いものが国籍を問わず雑多に混在していた。スペイン、アメリカ、日本と幾度も変わった統治国の名残をとどめ、空間も時間も超えて、あるがままを受容する街。それが、私のマニラという街に対する印象だ。

毎日新聞社経営のマニラ新聞社社屋
＝1942年撮影

到着の翌日、世界最古と言われる中華街の一角で、私はある建物を探した。中華街は、マニラ中心部を流れるパッシグ川の北側にある。手元にあるのは、戦時中の地図と写真だけ。この二つを頼りに地元の人に尋ねて回った。

心強かったのは、ガイドを務めてくれたフィリピン人のミカエラが一緒だったことだ。ミカエラは私より1歳年上のフリーライターで、住民とはタガログ語か英語で話し、私に英語で通訳をしてくれた。フィリピンでは、タガログ語と英語が公用語になっているため、英語を使いこなす人が多い。それでも、ミカエラがタガログ語で話しかけた方が、人々が饒舌《じょうぜつ》に、率直に話をしてくれることに、私はすぐに気がついた。

狭い歩道には露店がびっしりと立ち並び、衣類や靴、おもちゃ、果物、機械部品などが売られている。街全体に、豚肉を揚げる匂いが漂っていた。

「知っているよ。新聞社だった建物だね。最近、リフォームしたばかりだ」。何人目かで写真を見せた露天商の男性が、道順を教えてくれた。

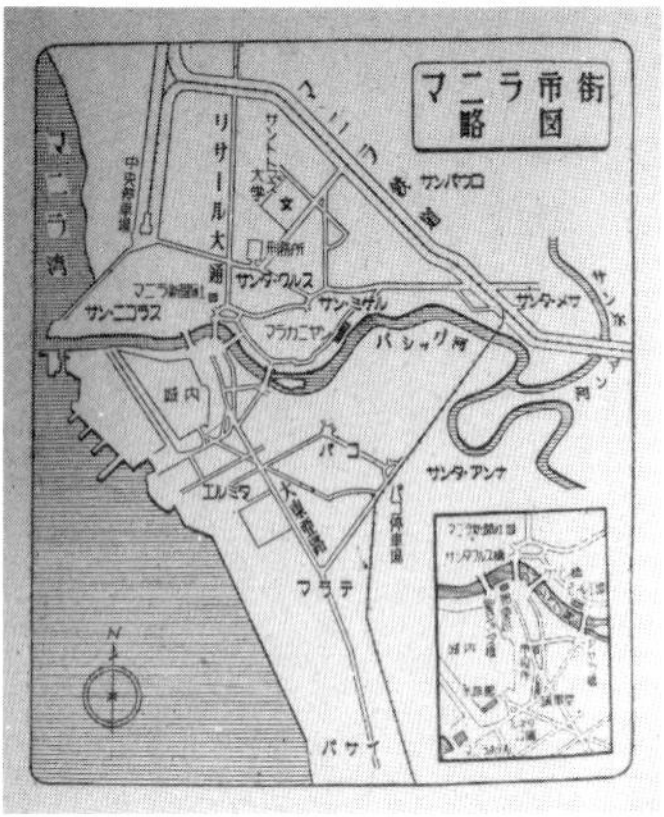

マニラ市街略図＝毎日新聞社終戦処理委員会『東西南北 毎日新聞社殉職社員追憶記』より

戦時中の面影のまま中華街の一角にたたずむ旧マニラ新聞社本社＝2020年3月10日、筆者撮影

複雑な道に迷いながら歩いて行くと、路地の曲がり角に白い4階建ての建物が現れた。これが、大阪毎日新聞社が１９４２（昭和17）年10月に設立した「マニラ新聞社」の本社だった建物だ。驚いたことに、アールデコ様式の優美な外観は当時とほぼ同じだった。

マニラ新聞社になる前は、現地最大級の新聞社「Ｔ・Ｖ・Ｔ」の本社だった。社名は、同社が発行していた英字紙「トリビューン」、スペイン語紙「ラ・ヴァンガルディヤ」、タガログ語紙「タリバ」の3紙の頭文字から取ったものだ。ビルの壁に

「TVT BUILDING」の銘板＝筆者撮影

設置された「ＴＶＴ　ＢＵＩＬＤＩＮＧ」のプレートが、今もその名残をとどめている。だが、前の道路には電線の束が垂れ下がり、うらぶれた雰囲気が漂っていた。

ミカエラによると、戦時中、この辺りはフィリピンの富裕層やスペイン系住民が住む地域で、30年ほど前までは賑わいの中心だった。現在は、再開発が進み経済の中心となったマニラ南部に富裕層が流れ、低収入の人が多く住む場所になっているという。

清六は、１９４４年春、このマニラ新聞社の取材部長として出向し、フィリピンの土を踏んだ。建物は、清六が勤めた戦時中は1階が営業、2階が総務、3階が編集、4階が印刷工場として使われていた。現在は、1階に電気部品店など4店舗が入っている。2階以上は住宅で、建物の入り口に立つ警備員が「中には入れない」と言う。店舗の従業員も警備員も若い人ばかりで、私がここを訪れた経緯を話しても「昔のことは知らない」とまるで関心がなかった。

本社から歩いて10分ほどの場所には、マニラ新聞社の印刷所だったと思われる4階建ての建物も残っていた。4階には社員食堂があり、ビリヤード台や卓球台も設置されていたという。私は、清六も毎日ここに通って食事をしたのかもしれないと思いながら、建物を見上げた。

地元の人によると、建物はフィリピンの大手新聞社の印刷所として1990年代半ばまで使われていたという。開きっぱなしのドアの奥に、印刷に使う道具類が無造作に置かれたままになっているのが見えた。

私は、当時を知る人を探すため、地域のリーダーの案内でさらに街を歩いた。だが、記憶する人は見当たらない。戦後75年、歳月の壁があちこちで立ちはだかる。

ようやく出会ったのが元コックのロランド・アユステさん（86）だ。

ロランドさんによると、占領中、マニラ新聞社の前の道には数メートル置きに日の丸とフィリピンの国旗が交互に掲げられていた。毎日、日の出前に国旗を掲揚し、夕方に降ろす。住民はそのたびに整列して「君が代」を歌ったという。

市内には日本軍が市民の荷物をチェックする場所が多くあり、その一つがマニラ新聞社前だったそうだ。抗日活動を警戒していたのだろう。

「日本の占領下、私たちは厳格に支配されていた」。夜10時を過ぎると外出は許されず、明かりも消さなければならなかった。

「こんにちは！」話の途中にロランドさんが突如、声を張り上げてお辞儀をした。驚いた私に、ロランドさんは言った。

「当時は日本人を見かけると、いつもこうして頭を下げ、敬意を払わねばならなかったのです」

現地住民への抑圧と、マニラ新聞の威光。最初は美しいと思った建物が「砂上の楼閣《ろうかく》」に見え始めた。

占領統治、担う新聞

日本からマニラ新聞に出向した社員が住まいを決めるまで宿泊したのが、現地で最も格式の高い「マニラホテル」だった。

１９１２年の開業以来、このホテルは歴史の表舞台となってきた。太平洋戦争開戦前は、

マニラホテル＝筆者撮影

軍事顧問だったダグラス・マッカーサー将軍が6年間滞在している。1941年からの日本占領期には、和室が設置され、軍関係者らも足繁く通った。
　マニラ滞在中、私は、清六も宿にしたであろうこのホテルに泊まった。当時のままの建物は随所に重厚な彫刻が施され、かつてスペイン統治下にあったことを物語る。ロビーでは結婚式や、管弦楽団によるクラシックの生演奏が行われていた。日本人記者たちは占領国でどれほどの特権を享受していたのだろうか。
　日本がフィリピンを占領したのは、清六が赴任する約2年前の1942年

1月だった。軍は「帝国主義からのアジア諸国の解放」を目指すとした「大東亜共栄圏」構想を掲げ、太平洋戦争開戦直後の1941年12月に上陸。マニラ陥落後、フィリピンは南方作戦における要衝《ようしょう》になり、軍人、軍属をはじめ、商社、病院などで働く民間日本人も多かった。

占領国の統治には言論統制が不可欠だった。日本は70以上あったとされるフィリピン国内の新聞社のほぼ全てを閉鎖した。その上で、現地最大級のT・V・Tには発行を認め、検閲下に置いた。

さらに陸軍は1942年秋、フィリピンを含む南方占領地の報道を日本の新聞社に担わせることとした。10月20日に発表した「南方陸軍軍政地域新聞政策要領」に基づき、軍の管理の下で新たに新聞社を設立させ、日本語の新聞を発行させることを決めたのだ。目的は、「原住民の教化、日本文化の進出、現地邦人の啓発等」としている。

発行地域の割り当ては、東京日日(大阪毎日)がフィリピン、朝日新聞がジャワ、読売報知新聞がビルマ、同盟通信社(現在の共同通信社、時事通信社の前身)と地方新聞社がマレー、昭南島(現シンガポール)、スマトラ、北ボルネオと決まった。既にあった日本語の新聞と、現地語、英語などの外字紙は、新たに設立される新聞社のもとに合併させられることとなった。

12月には海軍も発行地域を割り当て、東京日日（大阪毎日）はセレベス、朝日が南ボルネオ、読売報知はセラムと決まった。

こうして日本の新聞各社は、軍の後ろ盾のもとで占領地の新聞発行をほぼ独占することとなり、多くの社員や資材を送り込んだ。

フィリピンでは軍がT・V・Tを接収し、経営を引き継いだ大阪毎日新聞社が「マニラ新聞社」を設立した。１９４２年11月１日の創刊号には「創刊の決意」として「大東亜新秩序の確立に参与する」とある。

マニラ新聞社は、清六が携わった邦字新聞のほか、T・V・T時代から発行していたタガログ語紙や英字紙、スペイン語紙の発行も引き継いでいた。現地住民に日本語や日本の文化を浸透させて「フィリピンの日本化」を図るのが目的だった。初代編集長の岩佐直樹氏によると、マニラ新聞の部数はおよそ五千部だった一方で、タガログ語紙、英字紙は多いときで10万部に上ったという。

創刊から２カ月後の１９４３年元日、大阪毎日新聞社は、長年の懸案だった「東京日日新聞」と「大阪毎日新聞」という二つの題字を「毎日新聞」に統一し、社名も「毎日新聞社」に改称した。

背景の一つに、マニラ新聞の設立があった。当時、日本からマニラに出向した社員が、現地の人に聞かれ「東日から来た」「大毎です」と答えることで混乱が生じていたため、それを解消しようとしたという。

1月9日、日本から駆けつけた毎日新聞社の奥村信太郎社長はマニラホテルの大食堂で晩さん会を開き、出向社員を激励した。東京本社の情報調査部に、当時の写真が保管されていた。真っ白い背広姿の社員と社長一行が、華やかな食卓を挟んで並ぶ姿は、まるで何かの祝賀パーティのようだ。当時の社報には、占領地での華やかな席に酔いしれる一行の様子が残されている。

「会するもの五十名、美しい照明の下、本社同人がズラリとならんだ盛観に社長はじめ一行は、本社勢力南進の姿に今更のように感慨を洩《も》らした」

翌10日、社長一行は、T・V・Tから接収したマニラ新聞社の本社や3カ所の印刷工場を視察して回った。印刷工場では、日本国内では見られないほど立派な建物や機械に驚き、ビールのレッテルからキャラメルの包装紙まで、さまざまな種類の印刷を行っている様子

マニラ新聞・新年社員招宴で挨拶する奥村信太郎・毎日新聞社社長＝フィリピン・マニラホテルで1943年1月9日撮影

を目にしたという。マニラ新聞社は、新聞発行以外にフィリピン国内の印刷事業も独占しており、収益の柱の一つになっていた。

マニラ新聞社設立後、街にはまだ、戦争の影は薄かった。本社内には、東京の毎日新聞本社に現地ニュースを送るための「マニラ支局」があった。その支局員として1943年5月に赴任した村松喬氏が戦後、著書『落日のマニラ』で当時の様子を描いている。

「マニラの夜はネオンが輝き、ジャズが鳴って、真白な服を着た男や女が、楽しそうに散歩したり、お茶を飲んだり、踊ったりしている。マニラ湾に面した海岸通りの芝生には、安楽椅子がズラリと並び、涼をとる市民で溢れている」

当時、マニラでの日本人記者の取材テーマは、もっぱら政治関係だった。フィリピンは、日本軍の軍政の下、独立の準備に追われていた。のちに独立政府の大統領となるホセ・ラウレルを委員長とした独立準備委員会ができ、憲法草案の作成に当たるなどしていた。こうした動きを日本国内外に伝えるのが、主な任務だった。

記者たちは、朝10時ごろに本社に出そろってから取材先へ向かい、帰ってきて原稿を書いた。日本人が経営する料亭やバーなどのほか、本社近くの中華街にある飲食店やキャバレーなどにも自由に出入りしていたという。

村松氏は戦後、日本近代史に造詣《ぞうけい》の深かった文筆家・三国一朗の聞き取りに対し、こう語っている。

「占領中の兵隊の役割と、われわれシビリアンの役割とは、はっきり違った意味がありました。私たちは自由に彼らの中にはいっていけましたし、彼らも私たちを別に警戒しなかった」（「『英霊』四七万・比島戦記」『昭和史探訪④』）

だが、1943年末になると、日本軍はソロモン諸島のブーゲンビル島沖海戦で敗れ、

毎日新聞社・奥村信太郎社長一行が向かったマニラ新聞社内の風景＝1943年撮影

一大拠点ラバウルも空襲を受け孤立した。マニラは兵站《へいたん》基地として一段と重要性を増していった。

マニラ新聞社で記者として働いた白石五郎氏によると、このころから「毎朝の通勤に乗物を捜すことがひと苦労になっていた。座席が一つくらいあいていても、馭者《ぎょしゃ》は日本人のためには馬車を止めなくなっていた。フィリピン人の感情が目にみえて悪くなっていた」。インフレも進み、1年前には1ペソだった距離は、20ペソでも乗れなくなっていたという(「追憶のマニラ」『大東亜戦史　フィリピン編』)。

村松氏も、マニラの変わりようについ

て、「(昭和)18年の5月と、19年の5月を比べてみると、マニラも急激な変化をしたものだと思う。もはやこのころは、マニラ湾の夕涼みを楽しむ市民の姿はなかったし、街全体がさびれて、灰色になってしまったように思われた」と記している(『落日のマニラ』)。

清六がマニラに着いたのは、賑わいがなくなり始めた1944年4月。不穏な情勢ではあっても、「戦地」となるのはまだしばらく先のことだった。

「ききしにまさる暑さです。値段は高いが何でもあります。果物の豊かなのには驚きます」

着任早々、岩手の長兄清一に手紙を書き、現地の様子を伝えた。

清六のマニラ生活の滑り出しは順調だったようだ。この年6月に清一に届いた手紙からは、現地に溶け込み、職務を果たそうとする姿が浮かぶ。

「渡比以来早や一カ月になりますが、軍の最高首脳部やラウレル大統領に会見したり、仕事の方はうまくいっています。酒は高いことは驚きますけれども至って流通がよいので内地にいたときよりは、やっています。もう近頃は故国のことなど余り気にかけないようにしています。考えるときりがありませんから」

抗日ゲリラ新聞

１９４３年10月、フィリピンは独立を果たし、日本の傀儡《かいらい》政権が誕生していた。だがアメリカの統治が長く、反日感情は根強かった。経済的な困窮で治安が悪化し、日本軍による住民への暴行などもあり、各地に抗日ゲリラ組織が生まれた。

食糧不足も、社会情勢を不穏にした。中でも主食の米は、戦争で東南アジアからの輸入が困難になったことや、日本が導入した品種が現地に合わなかったこと、流通のための燃料不足やゲリラの妨害など、複数の要因が絡《から》み合い、深刻な状況に陥っていた。また、管理組織の腐敗も相まって農民の耕作意欲が失われた一方で、日本軍の大量流入で人口が肥大し、１９４４年末にはフィリピン人の餓死が日常的になっていたという。

マニラ新聞社内でも、日本から出向した毎日新聞社員と、現地採用の住民との間で格差が生じていた。従業員数は１９４３年７月時点で１１７６人。うち日本人は１３１人、フィリピン人９７８人、中国人67人。フィリピン人が食糧確保に奔走《ほんそう》する間、日本人幹部は軍が設けた料亭やバーで毎日のように会食し、社員の歓送迎会も頻繁に開いていた。

こうした中で生まれたのが、抗日組織や個人が発行する「ゲリラ新聞」だ。私は、その実態を知ろうと、日本国内で文献を探したが、詳しいものは見当たらなかった。しかし、マニラの国立図書館に行き、データベースで検索すると、大学の研究者が書いた詳細な論文を見つけた。

論文によると、太平洋戦争中にフィリピン各地で100を超えるゲリラ新聞が発行された。見つかれば日本軍に殺されたり拷問《ごうもん》されたりする危険を冒し、タガログ語や英語の新聞を出していた。日本軍によって閉鎖に追い込まれた現地新聞社の元記者たちが執筆した例もある。目的は「人々に正しい情報を伝え、日本からの解放を目指し戦い続けさせる」ことだったという。論文は、「フィリピンの人たちは戦局に関する日本の新聞の報道が真実ではないと気づいていた」と指摘している。

「戦局に関する日本の新聞の報道」とは、何を指すのか。それは、当時のマニラ新聞の紙面を見ればわかる。

マニラ新聞には1943年ごろまでは現地の風土の紹介などやわらかい記事もあったものの、1944年には戦果を誇張した大本営発表や戦意高揚の記事が大半を占めるようになっていく。だが、「ゲリラ新聞」などを通じて本当の戦局情報は水面下で流通し、「フィリピンの日本化」という日本の思惑通りに進むことはなかった。

空襲取材を志願

1944年7月7日。日本軍はマリアナ諸島のサイパンで玉砕《ぎょくさい》した。本土防衛に不可欠な地域とされた「絶対国防圏」が破られ、日本の敗戦は決定的なものとなった。米軍の矛《ほこ》先《さき》はフィリピンに向かい、マニラを巡る情勢は緊迫していく。

8月1日、清六は長兄清一への手紙で、初めて弱気な心情を吐露している。

「どうも最近の様子ではここで一仕事をして国へ帰るなどと言うことは出来ないようですねい。考えることすら不謹慎かもしれません。戦局からすればいつ、いかなるときに敵がここを襲撃して来るか大きな問題ですが、さ〜どうなりますことやら」

上司だった南條真一編集局長の日記が、当時の様子を克明に記録している。帰国する同僚に細切れに託し、家族に届けたものだ。2015年に親族から毎日新聞社に寄贈され、東京本社の情報調査部に保管されている。

記述によると、マニラ新聞社では米軍の空襲に備え、1944年8月11日から社員の勤労奉仕で防空壕《ぼうくうごう》造りを始めた。社屋裏の鉄筋コンクリートの倉庫を地面に埋め、200人は入れる頑丈なものだった。5日前には南部ミンダナオ島の都市ダバオが初めて空襲を受けていた。

南條局長の日記を読み進め、8月24日の記述に目が留まった。「伊藤ダバオに出かけるといって打ち合せに来た」。清六が空襲を受けた現地の状況を取材に行ったということだろう。

情報調査部でマニラ新聞の復刻版をめくると、9月7日付紙面に「人面獣心、恥なき米奴　ダバオ盲爆　鬼畜の驕翼《きょうよく》」の見出しで長文の現地報告があった。署名はないが、出張後、マニラに戻った清六が書いた可能性が高い。

「敵は今や無辜《むこ》の人民に対しても無差別な戦慄《せんりつ》すべき投弾を行いつつある」

「東洋人などは虫けら同然と思いこんでいるのだ」

記事はダバオの空襲でフィリピン人が犠牲になったとして、米軍を糾弾《きゅうだん》している。一見、地元住民に寄り添うような文章だが、日本こそフィリピンの味方だと伝えるのが狙いだったのだろう。そう思ったのは、軍が1944年4月に示したフィリピンにおける宣伝計画の方針を目にしていたからだ。

「反米（英）気運を昂《たか》め、皇国の物心両面に亘る必勝不敗の信念と態勢を顕示し、内（には）、比島民衆をして皇国の必勝を確信せしめ、外（には）、敵国の戦意を粉砕する」

日本の国立公文書館が公開している「軍事極秘」とある資料に、そう記されている。米軍はいつか戻ってきてくれると期待するフィリピン人たちを懐柔することに、日本軍は手を焼いていた。

「いざとなれば玉砕」

17歳で郷里の岩手を離れてから約20年間、清六は父親代わりだった長兄清一に頻繁に手紙を送っている。生家で見つけた手紙は、60通近くに上った。マニラが緊迫した1944年後半は日増しに悲壮感が色濃くなり、疎開した妻子を案じつつ、混乱の中で必死に冷静さを保とうとする意思がにじむ。

6月某日。「子供のことではいろいろ厄介をかけますが、どうぞ監督と奨励を頼みます。

九州やマーシャルの戦争のことはむしろ内地よりも身近に知っています。いざとなれば玉砕ですよ。全くひとごとではありません」

九州の戦争とは6月16日の八幡空襲のことだろうか。米軍B29爆撃機による初の本土空襲で、日本国内にも戦火が迫っていた。

これ以降、手紙はさらに頻繁になっていく。

8月23日。「妻には産後のことではあり、さしせまった事情などは知らしてありません。万一の場合はよろしく頼みます」

これは、空襲を受けたダバオへの出張を上司に相談する前日に書いたものだ。兄に妻子を託す遺書のようにも読める。妻は7月に4人目の子を出産したが、清六がこの子と会うことはかなわなかった。

同26日。「お変わりありませんかと申し上げたいところですが、内地も随分変わったことでしょう。われ等もまたここを墓場としてやっています」

同29日。「(マニラに来た3番目の兄と会えず) 恐らく生きて再会することはむつかしいでしょう。小生らは勤労奉仕や防空壕つくりを連日のようにやっていますが、これは外的な準備が出来ていないだけの話で、もちろん気持ちは決まっているのですからご安心下さ

清六がマニラから長兄清一に宛てた手紙

い」

9月19日。「僕の方は心配いりませんよ。必ず生きてがんばります。時到《いた》ればもちろんみっともない死に方はしません。こうなれば却《かえ》って朗らかなものです」

長兄清一は太平洋戦争の前、日記で厳しく軍部を批判していた。だが開戦後は村長として村人の出征を見送り、「国難に殉《じゅん》ずる」とつづるようになった。戦地で記者をする弟を誇りに思い、清六はその期待に応えようと、兄に勇ましい言葉を送り続けたのかもしれない。

一方で、清六の手紙の文面には厳しい戦局の気配も色濃くにじんでいる。当時、戦地の軍人や軍属が内地の親族に手紙を送るには「軍事郵便」の制度があり、検閲の対象となっていた。だが、清六の手紙には一通も「軍事郵便」の印がない。

手紙の文面から毎日新聞社の社有機に手紙を託していたとみられ、そのおかげで検閲を受けずに済んだのかもしれない。これまで目にした兵士らの手紙と比べると、「いざとなれば玉砕ですよ」「生きて再会することはむつかしいでしょう」などの文言は、驚くほど率直だ。

マニラ空襲、最後の手紙

「みっともない死に方はしません」とつづった2日後の21日、ついにマニラでも米軍の空襲が始まった。

村松喬氏の『落日のマニラ』によれば、マニラ新聞本社の隣に設けられた宿直室にいた村松氏は、頭上に鳴り響く爆音で目を覚ました。本社への渡り廊下から空を見上げると、晴れた空に米艦載機が乱舞し、急降下していくのが見えたという。遅れて、空襲警報が聞こえてきた。1時間ほどで空襲が終わると、社員たちが続々と本社に駆けつけてきた。

「殆《ほと》んど大部分の者が、飛行機が舞い、爆弾の炸裂音がしても、日本機の演習だと思ったということである。彼らは自分たちの勘ちがいを笑い合い、空襲警報があとから鳴ったバカらしさを笑った」

マニラ新聞社では無電技師が、米機の無電を傍受していた。「奴さんたちは飛行機同士で話をするんだ。一番最後の奴は〝おいみんな、もう暗くなるから帰ろうじゃないか。夕めしが待ってるぜ。きょうは大成功だったなあ〟っていって引きあげていきやあがったよ。癪にさわるが、さすがなもんだと思うなあ」。飛行機同士が無電で連絡を取り合うことは、当時の日本軍ではまだ当たり前ではなかった。米軍との技術力の格差を、記者たちも目の当たりにした。

初めての空襲は断続的に夕方まで続いたという。マニラ湾に浮かんだ日本の艦船の大部分は撃沈され、マニラ周辺の飛行場も打撃を受けた。この日を境に、マニラを取り巻く様相は一変した。

空襲から2日後の23日、フィリピン共和国も米・英に宣戦布告した。

30日。清六は清一に書き送った。

「マニラの空襲や参戦はもちろん重大な問題ですが、僕たちからいえば充分準備してきたところであり、実は何でもないことです。多忙ではありますが元気でやっていますから御安心ください。食糧はやはり窮屈になりましたけれども何とかなります。姉上様によろしく。草々」

そして、最後にこうつけ加えられていた。

「内地の新聞で内地が比島参戦でさわいでいるのをみて、却ってびっくりしている位です」

これが、故郷に残されていた清六の最後の手紙だった。

軍からの要望、記事に

激しく続く空襲の中、清六たちは米軍機が飛来する時間帯を縫って新聞製作を続けた。清六の手紙という手がかりをなくした私は、ここから先の出来事を、南條編集局長の日記から知ることになった。

10月15日午後3時、マニラ新聞編集局では、社員たちが集まってラジオの大本営発表に耳を澄ませていた。この日、マニラの上空で空中戦があり、取材に出ていた記者から「大戦果が上がって、台湾沖で30隻ばかり撃沈」との情報が入っていた。だが、大本営発表は

「空母9隻合計23隻」と事前情報よりは少なく、南條局長は「皆少しがっかりした」と記した。

編集局は号外の発行を決め、当初は外字紙1万部、邦字紙5000部としたが、軍報道部から「（邦字紙は）1万部ほしい」と言われ、部数を増やした。南條局長自身も車中から、隊を組んで歩いている兵隊やトラックに山積みの兵隊らに一部ずつ渡しながら帰ったといい、「新聞人としてこれ位愉快なことはない。本望なり」と書いている。

翌16日も、大本営は計35隻を撃沈破したと発表し、マニラ新聞は前日に引き続き号外を出した。

「マニラに来てよかったとシミジミ思う。日本の新聞人でこれだけの自分の信念通りに振る舞い得た人、得る人が果たしてあっただろうか。決してない。それは私一人といっていいだろう」

号外発行を自らの判断で決行したことに高揚する気持ちが隠さずつづられている。

この時の戦闘が、日本軍が戦果を誤認した「台湾沖航空戦」だ。実際には、日本軍は1隻も撃沈していなかった。海軍は早い段階で戦果が誤認だったことに気づいたが、陸軍にも国民にもその事実を伝えることはなかった。

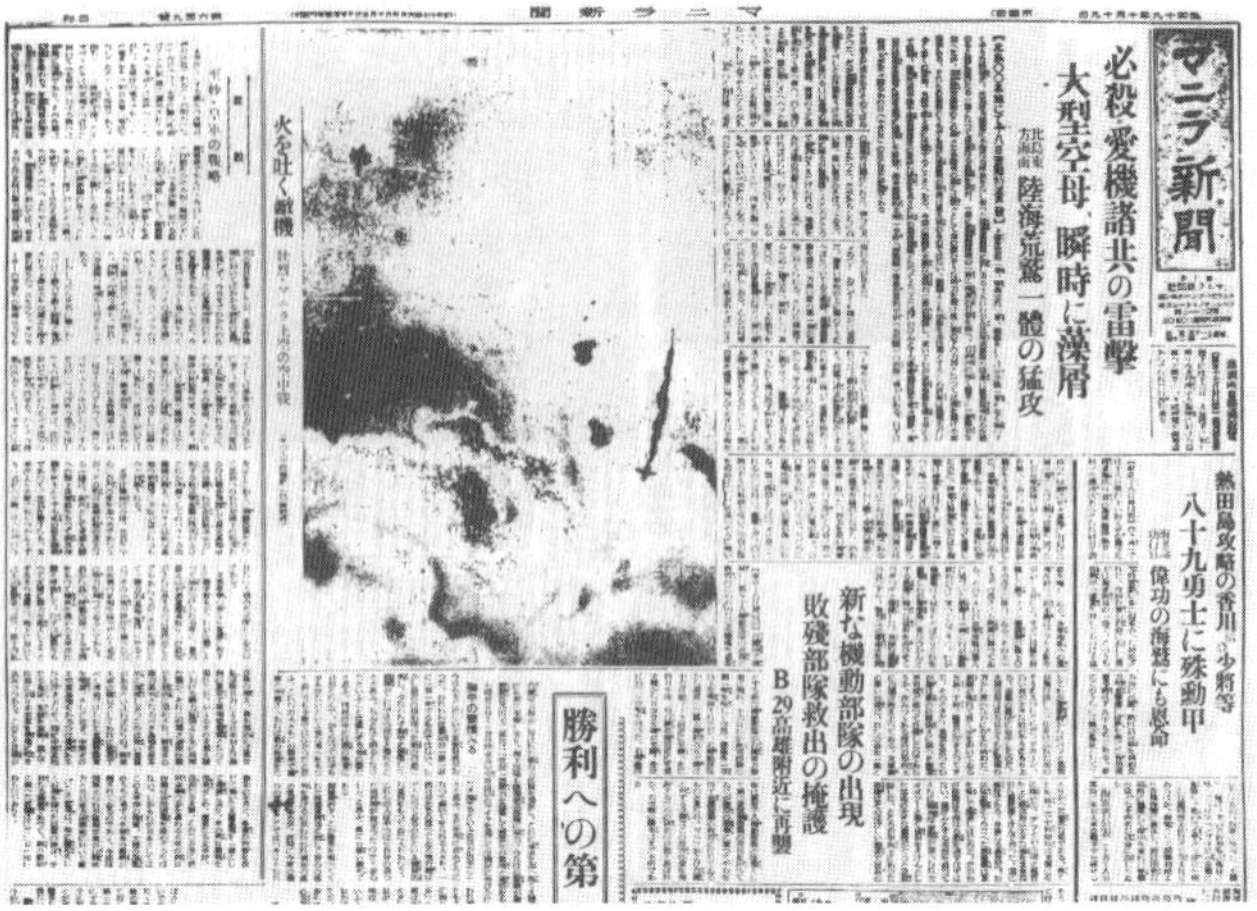
マニラ新聞

必殺 愛機諸共の雷撃

大型空母、瞬時に藻屑

陸海荒鷲一體の猛攻

熱田島攻略の香川少将等

八十九勇士に殊勲甲

新な機動部隊の出現

敗殘部隊救出の掩護

B29高雄附近に再襲

勝利への第

火を吐く敵機

マニラ新聞1944年10月19日付朝刊1面。軍部に報道を依頼された軍用機の作戦について、1面トップで報じている。

南條日記には、この時期の、軍との関係を示す記述があった。

10月17日に陸軍の秋山邦雄報道部長が訪ねてきて「陸鷲《りくわし》、雷撃機をもう少し書いてもらいたい」と頼まれたという。陸鷲とは陸軍航空部隊のこと、雷撃機とは、魚雷により対艦攻撃を行う軍用機のことだ。

その依頼がどうなったのか知りたくて紙面をたどると、2日後の19日付に「必殺・愛機諸共《もろとも》の雷撃　大型空母、瞬時に藻屑《もくず》　陸海荒鷲一体の猛攻」の見出しを見つけた。あまりに早い対応に驚いた。しかも扱いは1面トップだった。マニラ新聞社は独立した新聞社の体裁を取っていたが、軍の統制下に置かれ、実態は、軍の広報機関に近いものだった。

占領下のフィリピンで、毎日新聞社出身の日本人記者たちの立場は、一様ではなかった。清六も含めマニラ新聞社に出向してきた記者が最も多かったが、ほかに、毎日新聞本社に情報を送るための毎日新聞マニラ支局員や、陸軍・海軍の配下に入る「報道部員」として来ていた者もいた。立場や取材対象、給与体系などがそれぞれ異なっていたのだ。

前述のように、マニラ新聞社は軍から委託を受けて毎日新聞社が経営していたため、私は長いこと、清六は民間人だったと思い込んでいた。だが、あるとき、東京・九段の靖国神社内にある図書館「靖國偕行文庫《やすくにかいこうぶんこ》」で資料を調べていると、職員から「軍属だった可能性もあるから、調べてみたら」と助言を受けた。軍人、軍属であれば例外なく靖国神社に祀《まつ》られているというので、教えてもらったとおりに照会してみた。すると、その場で「陸軍軍属」であることが判明した。

私は、より詳しい軍歴がわかるかもしれないと、照会の条件を満たす身内の協力を得て、厚生労働省に問い合わせた。結果は、1カ月ほどで届いた。厚生労働省に残っていた「第十四方面軍司令部報道部留守名簿」に「伊藤清六」の名前があり、その身分は「新聞通信報道員（無給）」となっていた。

清六はマニラ新聞社の社員であると同時に、軍の報道部にも所属していたのだ。記者も軍の統制下に置かれ、命を惜しむことは許されなかった。

だが南條日記には清六のささやかな抵抗も記されていた。

10月16日午前。前日に号外を出し、興奮の残る編集局で、会議が行われた。南條局長は部下に命令を下した。

「空襲で社に駆けつけないのは理由の如何《いかん》を問わず許されない。裸足で走って来い」

それに対し、取材部長の清六が、

「果たして空襲下に社員に出社させるべきであるかどうか一応検討してみたらどうです」

と反論したのだ。

結局清六の意見は却下された。だが、舞い上がる社内で、おかしいことはおかしいと言うだけの冷静さを、清六はまだ持っていた。命乞いと見た人もいるかもしれない。だが清六は取材部長だ。部下の命も預かっている。命が最優先だと上司に意見したことに、若き日の正義感を見た思いがした。

レイテ決戦

10月20日、米軍はレイテ島に上陸した。フィリピンが米軍の手に渡れば、日本本土への資源が輸送できなくなる。また、本土への米軍上陸も避けられない。日本海軍は起死回生の作戦としてレイテ沖海戦を仕掛け、22日から26日にかけて激しい闘いを繰り広げた。だが、連合艦隊はほぼ全滅し、制空海権は米軍に移った。

一方で日本陸軍は、12〜16日の台湾沖航空戦での「大戦果」を信じたままだった。誤報に基づき、米空母機動部隊は壊滅したと勘違いした陸軍は、この機に米軍を叩こうとレイテ決戦を決めた。当初準備していたルソン島での持久戦計画を変更し、多くの部隊をレイテ島に送り出して約2カ月にわたり抗戦した。

南條編集局長は11月27日から12月2日にかけ「レイテの戦況は漸次《ぜんじ》好転」「益々《ますます》我に有利。わが方の攻撃は益々烈《はげ》しくなっている」など、軍に取材した記者からの報告を書き留めている。11月28日には、「レイテの作戦は結局日本が勝つという見通しを最初から私はつけていた」、29日には「この分なら予定通りレイテは12月一杯で平定するかも知れぬ」

と楽観的な見通しを記した。

現地の記者たちは、この間の推移をどう見ていたのだろうか。

前述の村松喬氏は、戦後次のように語っている。

「10月に入って10日すぎでしたが、アメリカ機動部隊の沖縄大空襲、つづいて台湾空襲、台湾沖航空戦のニュース、それから、つぎつぎと『大戦果』がはいって来たんです。総軍は大喜びで、祝宴が張られたりしましたよ。だから私たちも、これでアメリカも機動部隊が全滅に近い打撃を受けていることだし、当分空襲も上陸もないだろうと安心していたのです。それがいままでの数倍も強力な大空襲が、まるで豪雨のように、しかも二日つづきでマニラを襲った。そこへ大輸送船団を伴った敵機動部隊レイテ湾侵入、二十日にはレイテ島タクロバン上陸ときた。実をいって、ちょっと信じられないような気持ちでした」

(『昭和史探訪④』)

最前線の新聞社ですら正確な情報を持ち合わせていなかったことに、愕然《がくぜん》とする。

一方で、記者たちは、日本人に向けられる現地の人々の視線が変化していくのを、肌で感じ取っていた。

同盟通信社記者で、同時期にマニラにいた大森建道氏は著書『比島従軍日記』に記している。

「先日のレイテ沖海戦はわが方の大勝利で、大戦果をあげたと連日大本営の発表があったが、にもかかわらずどうもマニラの街の様子がおかしい。フィリピン人の様子があの海戦以来なんとなく変わってきているようだ。このマニラ市内にも多数の敵側スパイがいると言われているし、ひそかに敵側放送を聞いている連中も多いというから、わが方に不利な情報はあっという間に市民の間に広がるのだろう」

「レイテ沖海戦がわが方に伝えられるような大勝利であるならば、このような多数の（米軍の）輸送船が湾内にひしめいていることはとてもないはずだが。考えれば考えるほどわからぬことが多すぎる」

記者たちは、大本営が伝える「大戦果」と、見聞きする現実とのあまりの違いに戸惑った。彼らが、どこまで真実を知り得たかは定かではない。だが、マニラ新聞社では海外放送の傍受もしていたはずだ。その情報は正確に共有、または受容されなかったのだろうか。舞い上がった気分をいさめ、疑問を呈する者は一人もいなかったのだろうか。

新聞社からも現地召集

狭まるフィリピン包囲網の中、マニラ新聞社には、新聞発行の存続を揺るがす出来事が起きていた。進出していた商社や銀行などの在留邦人を対象にした軍の現地召集が始まっていたのだ。新聞社の従業員も、例外ではなかった。

その規模は、休刊の危機に直結するほどのものだった。南條編集局長が、日記に詳細を残している。

10月7日、「きわめて重大な軍の作戦に必要とするため、マニラ新聞から日本人27名の労務者を10日間提供せよ」との命令が出た。入港する船団の重要物資の荷揚げ作業のため、軍から3000人、一般在留邦人から1500人の労力を集める作戦命令の一環だった。

マニラ新聞では部長や工場長を集めて緊急会議を開く。「27人の日本人を10日間もとられたら、新聞は発行不能になる」。皆が反対だった。だが、南條局長は、訪ねてきた陸軍の秋山報道部長とともに休刊を決めた。清六ら部長陣は「大変なことになったな」と言いながら、部員に休刊を知らせるため編集局へと駆け出していった。上を下への大騒ぎの中、社員会議を招集し、休刊の社告を作り、準備は整った。

ところが、午後7時になって、秋山報道部長から電話がかかってきた。

「兵站監部《へいたんかんぶ》では、マニラ新聞の誠意に非常に感激して、新聞まで休刊して出動する誠意だけで十分です。どうか一日も休むことなく、いい新聞をつくっていただきたい、マニラ新聞に限り一名も出動する必要はない、とむこうから断ってきました」

南條局長は、その夜、日記に、休刊を決めたことへの覚悟を記している。

「私はマニラで新聞を出すという使命を帯びてここに来ている。たとえ一日といえども休刊にしたら、理由の如何を問わず責任をとらねばならぬ。一先《ひとま》ず辞表を提出せねばならぬ。許可になっても日本に帰るという訳にはいかぬ。ここで人夫か何かとして暮らさねばならぬ」

軍の指示に従ってきた南條局長だったが、元はロンドン特派員として活躍し、反軍思想、リベラルな論調で知られた人物だ。南條日記には、部下たちの仕事ぶりや生活状況に目を配り、軍や他の報道機関との調整役を務めながら、新聞制作の指揮を執る様子が描かれている。編集部門の責任者として、緊迫する状況下での新聞発行に強い意志を持って取り組んでいたことが伝わってくる。

休刊は免れたが、フィリピンが主戦場となるのを前に、社員は次々に召集された。既に10月1日付で5人が徴兵令により入隊しており、続いて10月27日付で8人が、30日付で15人がマニラ防衛部隊に入隊を命じられた。

応召に当たっては、社から全社員の名簿と、どうしても必要な社員のリストを作成し、軍に提出する必要があった。清六も取材部長として、部員のリスト作成に当たった。その一方で、南條局長の命を受け、「これ以上は一人も召集には応じられない」という趣旨の上申書を書き、新聞発行の態勢を守るための対応に追われた。

現地召集された人々に対する軍の待遇は悪く、応召者は、自分の会社から食糧や事務用品を持ち出して入隊していった。軍服も、それぞれの私物を時価の百分の一ほどで買い上げ、それを本人に支給する形で戻すというありさまだった。

入隊が決まった28人のうち12人はレイテ戦の取材に当たることなどを理由に召集を免除された。また、新聞発行に支障をきたすとして、8人は応召の上、マニラ新聞社に派遣される形で戻ってきた。彼らは階級章を襟につけ、軍服姿で従来通りの仕事をこなした。

マニラ新聞の最後の日々を詳細に記録してきた南條日記も、ここで途絶えた。マニラに戦火が迫った12月以降の様子は、毎日新聞社が戦後、生還者への聞き取りを元に作成した殉職社員追憶記『東西南北』や、生還者が書き残した文章を頼りに知るしかない。

爆撃下でも新聞発行

12月18日。南條編集局長は、秋山報道部長から呼び出しを受けた。

「軍司令部も（北部の拠点）バギオへの後退に着手した。マニラは第一線の戦場となることを覚悟せねばならぬ。最後まで新聞の発行を続ける気であるか、それとも司令部と行動を共にしてバギオに来るか」

秋山報道部長が今後の新聞発行の方針を問いただすと、南條局長は「新聞を止めて疎開することは断じてできない。爆撃下でも続行する」と明言し、社屋に被害が出たら拠点を印刷所に移し、輪転機が壊れれば手刷りで発行すると伝えた。ただし「敵（米軍）がいよいよマニラ市に入城する場合は、新聞の発行は放棄せざるを得ない」として、小型印刷機や紙などを携行しマニラを脱出する計画を明かした。南條局長はこの半月以上前、避難先で発行する新聞の見本を部下に示し、拠点とする民家も郊外に確保していた。

それから間もない12月26日、米軍は「レイテの作戦終了」を宣言。ついに、ルソン島が主戦場となる日が来た。戦車も航空機も尽きていた日本軍は、積極的な攻撃をせずに戦っては退き、息長く米軍を苦しめる持久戦を選んだ。山下奉文《やましたともゆき》大将率いる軍司令部はこの日、マニラを出て山岳地帯へと入った。

戦力にならない女性や子供にも撤退命令が出て、1944年12月中ごろから翌1945年1月はじめにかけ、日本人が群れをなしてマニラを離れていった。マニラ中央停車場は汽車に乗って北に向かう人々で混雑を極めたという（小林勇「マニラ市街戦」『大東亜戦史　フィリピン編』）。

1945年元日、マニラ新聞社の講堂で新年の祝賀会があった。少なくなった社員たちは一堂に会し、残り少なくなった現地産の日本酒「南の光」で祝杯をあげた。

青山広志連絡部長の手記によると、南條局長は「我々は報道戦士として一致団結し、雄々しく戦い抜かねばならぬ」「日本人として立派に死のう」と悲壮なあいさつをした。青山部長は「頬に伝わる涙をぬぐいもせずに局長の言葉を耳の底にしまっておこうとした」という（青山広志『マニラ新聞、私の始末記』）。

その8日後、米軍は首都マニラからおよそ200キロ北のリンガエン湾に上陸した。

現在確認できる最後のマニラ新聞は1945年1月19日付。2面のトップに「伊藤報道班員」の署名がある。

翌10日夜、マニラ新聞社では、社員20人が疎開するため、夜の闇に紛《まぎ》れてマニラを脱出し、北へ向かった。12日には6人、15日には10人が後を追った。

南條局長や清六ら21人はぎりぎりまで新聞を発行するため残り、本社や印刷所に泊まり込んだ。

確認できる最後のマニラ新聞は1月19日付だ。表裏1枚しかない新聞の裏側に、清六の署名があった。「比島前線基地十八日伊藤報道班員（本社特派員）発」。マニラにいたはずの清六の記事が、わざわざ「比島前線基地」発となっているのは、マニラが戦場と化した事実を表したのか、記事に臨場感を持たせようとしたのか、今となってはわからない。

記事は、米軍上陸を報じ「中部ルソンの大野戦に驕敵殲滅《きょうてきせんめつ》の機会が刻々として迫っている」と、迎え撃つ日本軍の勇ましさで結んでいる。だが、伝えている「上陸第一弾の終了」は13日のことで、6日も前の情報だ。

この頃、首都では日本軍が運び出せない物資を焼き払う煙が夜ごと上がっていた。

1月31日夕、南條局長はマニラ新聞の発行停止を決定。清六ら11人とともにマニラを脱出した。後には、英字紙トリビューンを作るため、社員7人が残った。

2月3日、米軍がマニラに突入した。マニラ防衛部隊として最後まで市内に残ったマニラ新聞関係者のうち、唯一生還した小林勇氏は、戦後、『大東亜戦史　フィリピン編』の手記「マニラ市街戦」に、上陸からマニラ到達までの米軍の進軍の早さについて驚きをもって記している。

小林氏は、持久戦をもくろむ日本軍が米軍の進軍を阻《はば》んでくれると信じていた。米軍上陸直後は「山下将軍はいよいよリンガエン湾にふたをして、その退路を絶ち、一挙にこれを包囲せん滅することだろう」。続くタルラック平原では「わが戦車兵団が敵のくるのを待ち構えているはずだ。この平原を舞台に一大戦車戦が展開されるだろう。そして、これを一挙に撃滅することであろう」。クラーク飛行場では「わが空軍が猛然と襲いかかっているることだろう」……。

だが、こうした期待ははずれ続け、「米軍の先遣隊《せんけんたい》は突然マニラの真ん中に降ってわいた。谷も渡らず、山を越えず、アスファルトの国道をカラ、カラ、カラと軽い音をたてながら、マニラの真ん中にわいて現れたのである」。

日本軍によるマニラ放棄も検討されたが、大本営の意向で「死守」方針が決まり、マニラは戦場となった。このマニラ市街戦では市民10万人が犠牲になったと言われる。脱出せずにとどまったマニラ新聞関係者も、小林氏を除く全員が死亡・行方不明となった。

投降する日本兵（フィリピン）

第六章

彷徨《ほうこう》

洞窟の陣中新聞

マニラ新聞社を脱出した清六らは新たな拠点を求め、ルソン中南部を守る軍司令部へ向かった。米軍の進撃が予想以上に早かったため、郊外に疎開先として確保していた拠点を使えず、軍に頼るしかなかったようだ。だが、食糧不足を理由に拒まれ、受け入れてくれる部隊を探した。

マニラ北東約50キロのイポダムにたどり着いたのは1945（昭和20）年2月上旬。周囲を崖に囲まれ、天然の要塞《ようさい》だったイポダムでは、河嶋修兵団長率いる「河嶋兵団」の約1万人が多数の壕《ごう》を掘り、陣地を築いていた。

河嶋兵団の経理部将校だった那須三男氏は、終戦後の1946年7月、毎日新聞社の聞き取りに対し、清六ら一行が姿を現した時の様子を語っている。

「その夜一行は一台のハイヤーに積めるだけの人とリュックを積み込み他は兵隊のトラックなどに便宜分乗して来られた」（毎日新聞終戦事務局『情報録（三）マニラ関係』）

南條真一編集局長と清六は、河嶋兵団長に受け入れを許可された数日後、再び面会して

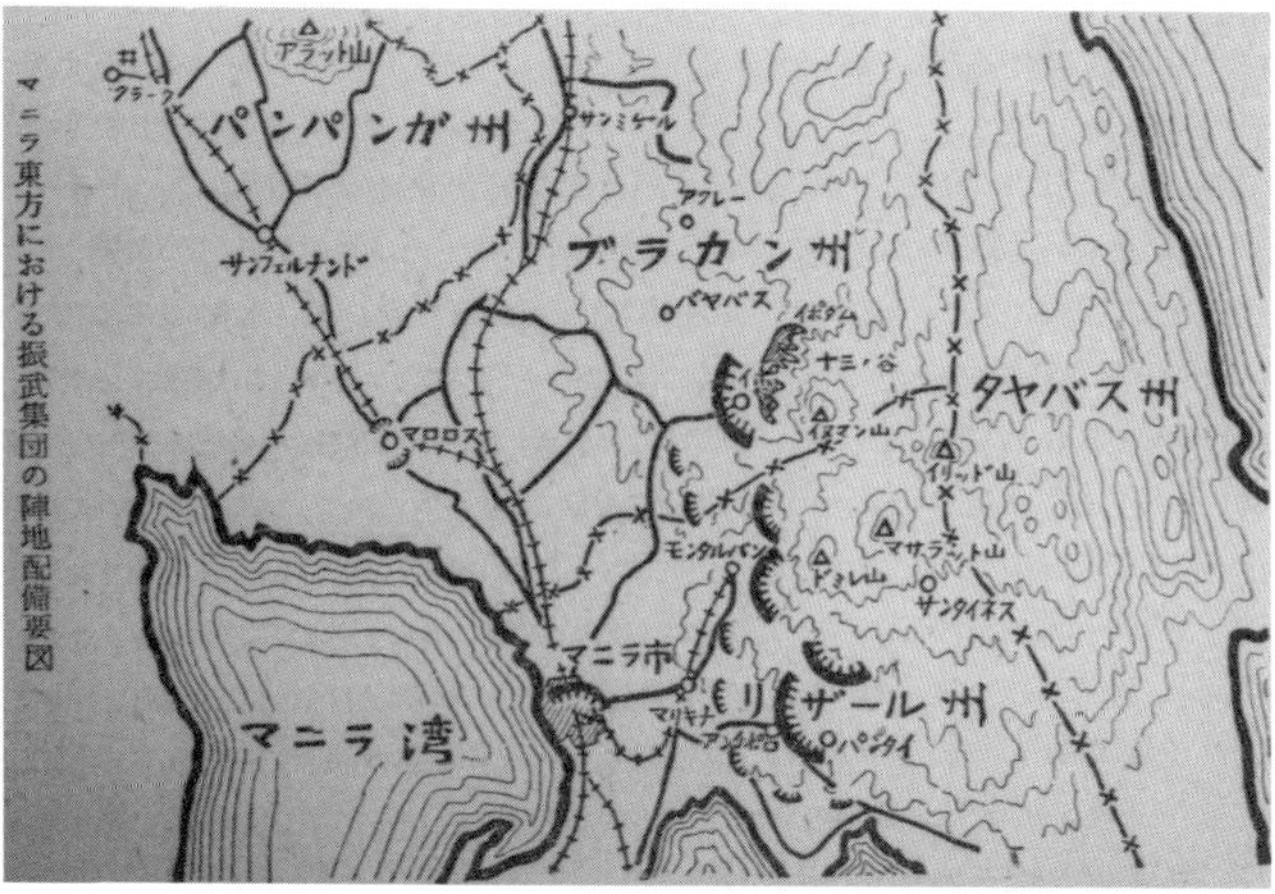

マニラ東方における振武集団の陣地配備要図＝毎日新聞社終戦処理委員会『東西南北 毎日新聞社殉職社員追憶記』より

新聞発行を提案した。河嶋兵団長はかねて考えていたことでもあり、即座に了承したという。

1万人の陣容だった河嶋兵団ではあったが、内実は、歩兵部隊はわずかに1大隊、ほかは飛行場関係などの部隊で編成された寄せ集め部隊だった。さらに、マニラから兵站《へいたん》関係や病院関係、民間人など雑多な部隊が次々に入り込み、最終的には60～70の部隊が混在していたという（河合武郎『ルソンの砲弾』）。

河嶋兵団長は、こうした寄せ集め兵団の団結を図り、士気を鼓舞するため、陣中新聞を役立てようと考えたのだろう。

陣中新聞の名は兵団陣地の呼称「神州要塞」にちなみ「神州毎日」と決まった。わら半紙のガリ版刷りで部数350。2月中旬から3カ月以上にわたり100号近く発刊されたという。

取材は主に清六が担った。マニラ新聞社の記者たちと同様に拠点を失った読売新聞記者らも合流し、メンバーは11人になった。兵団内で彼ら新聞制作集団は「南條隊」と呼ばれた。

太平洋戦争中には、ほかにもいくつかの陣中新聞が生まれた。同じマニラ新聞社からルソン島北部に避難した社員らは「さくら」を発行。生存者が現物を持ち帰った。だが、関係者がほぼ全員死亡した「神州毎日」は、これまで現物が確認されていない。

私は、国内で関係者を探したり、アメリカやフィリピンの公文書館に問い合わせたりしてみたが、まだ見つけられていない。「神州毎日」の存在を伝えた生還者も相次ぎ他界している。だが、生還者が記した本が多数出版されており、それらを読んでいくと、当時の状況が浮かび上がってくる。

イポから生還した元将校、大槻正治氏は、戦後出版した著書『イポのせせらぎ　フィリピン戦記』に、創刊第1号のことを細かく記している。

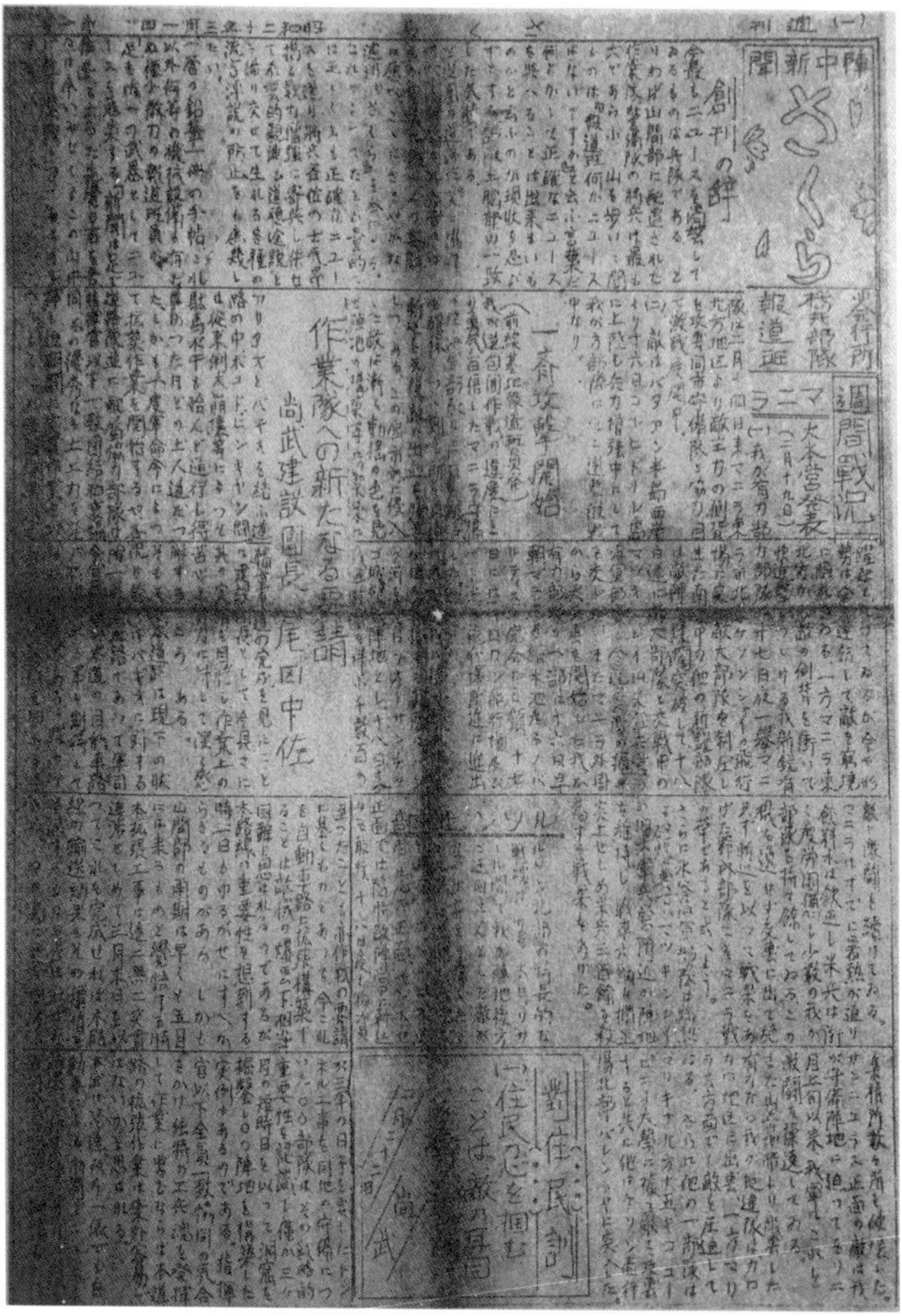

フィリピンの山中で作られた陣中新聞「さくら」創刊号１面の一部＝故青山広志著、吉田勉編『マニラ新聞、私の始末記』（早稲田速記記録事業部）より

「戦況ニュースを始め、食糧対策として食べられる野生の草木、健康上の注意事項、その他山の陣地の点描等バラエティに富んでいた」

創刊記念として「斬込隊《きりこみたい》の歌」も募集していた。応募作の中から、文学部出身の将校の歌詞が1等に選ばれた。誰かが曲をつけ、司令部前の広場で発表会も開かれた。

「イポ清流のせせらぎに（略）闘魂込めし矢となりて　行け神州の斬込隊」

斬込とは、夜間に少人数でわずかな武器を手に敵陣を襲い、食糧を奪うことだ。決行前には壮行会が開かれ、この歌で兵士たちの熱気は最高潮に達したという。

極限下、生きた証

「神州毎日は将兵愛好の的《まと》で至るところ引張凧《ひっぱりだこ》であった」

イポの激戦から生還した将校、那須三男氏は戦後、毎日新聞社の聞き取りにこう証言している。

山中の狭い壕で作られたにもかかわらず、神州毎日の紙面は充実していた。人気の秘密は、やわらかい文体で書かれた最新の戦況と娯楽にあった。

清六らがマニラから運んできたラジオ受信機は、途中の山中に埋めてきてしまったため、取材には、兵団の無線機が使われた。記者たちは無線を傍受して外電ニュースを取り、ドイツ降伏やヒトラー、ルーズベルトの死も正確に報じた。元ロンドン特派員の南條局長による世界情勢の論説は注目の的で、将兵を一喜一憂させた。米軍の硫黄島上陸を記事で知り「いよいよ本土決戦も避けられない」と感じた将校もいた。

文芸欄では兵士から随筆、俳句、川柳などの投稿を募集。記者たちは各部隊や野戦病院を回り、取材の傍ら寄稿を呼びかけた。河嶋兵団長も「神州荘主人」と名乗り、格言や漢詩を盛り込んだ随筆を寄せた。

兵士の要望で恋愛時代小説の連載が始まると、人気はさらに高まった。部数が限られるため、兵士が直接取りに行ってはならぬとの命令も下った。小隊は兵士が要点をメモして隊に持ち帰り、仲間に伝えた。

清六がこれまで日本本土や南京、マニラで書いた記事とは違い、神州毎日は比較的自由に記事が書けたようだ。軍報道部の管理下から離れ、厳しい検閲がなかったためだ。河嶋兵団長も「新聞は新聞人に」との考えだった。

互いに明日の命も知れぬ日々に、むさぼるように読んでくれる人がいることが、どれほど新聞人として喜びだったたか。その気持ちだけは、75年後の今、記者をしている私にも想像できた。

だが、米軍の激しい空爆や砲撃を受け、死傷者は日増しに増えていく。新聞作りも命がけで、拠点の壕は至近弾を2度受けた。新聞を印刷するための謄写版《とうしゃばん》が吹き飛んだ時は兵士が補修してくれた。

1945年5月、米軍はマニラ市内の水不足を打開するため、水源地のイポに総攻撃を仕掛けた。それでも清六らは新聞を発行し続けた。

記者たちがここまで新聞発行に心血を注いだのは、兵団に存在意義を示し居場所を確保するためだったのかもしれない。だが、清六の人生を追ってきた私には、それだけだとは思えなかった。空襲下のマニラでは家族への手紙に死の覚悟をつづっていたが、イポの日々には極限下の最前線を生き抜きたいという強い意志を感じるのだ。

これまで、私は清六の記録を調べるとともに、その人となりに迫ろうとしてきた。だが、口数が少なかったのだろうか、清六が自分の話をあまりしなかったためなのか、人柄を表すようなエピソードは極端に少なかった。

ところが、兵団経理部で食糧や紙などを分配していた那須氏が、清六の意外な一面を戦後の毎日新聞社の聞き取りに語っていた。

「伊藤氏についての第一印象は心臓の強い人であったということである。イポに来られてまもなく新聞社の壕が手狭だから別に壕をくれと冗談交じりでありながらもぐんぐん押しの一手で要求された。新聞社からの参謀部や経理部に対する面倒と思われる交渉事項などにはいつも出てきた。残念なことによく病気し三の谷の安息所に入っていた。安息所には新聞発行とあまり関係のない報道員が数名ブラブラして仲間割れでもしているようでした。伊藤氏の社屋拡張要求も、こうした空気の分離が眼目だったようにも考えられる」

(毎日新聞終戦事務局『情報録(三)マニラ関係』)

狭い壕の中で衝突しがちだった南條隊の中で、清六は調整役を買って出ていたのだろうか。交渉事にいつも出てきたというのも、清六がイポでの日々を投げやりな気持ちで過ごしていたわけではないことを示しているように思え、私はこの文章を何度も読み返した。

河嶋兵団長もまた「南條氏の高邁《こうまい》な人格、伊藤氏の強靱《きょうじん》な意志、その他記者諸君の新聞人としての旺盛な熱意の数々は、今なお私の心に強く焼き付けられている」と戦後、社に手記を寄せている。

最期の地

5月17日、イポは陥落。河嶋兵団長は「兵力温存のため転進」と命令を出したが、実態は敗走の始まりだった。

陥落の直前、最後までマニラで英字新聞を作っていた社員たちが合流し、「南條隊」は15人になっていた。一行は陥落目前のイポを脱し、兵団の備蓄拠点「十三の谷」を目指した。

河嶋兵団は、イポダムのあったアンガット川の支流に沿い、13カ所の備蓄拠点を設けていた。拠点は、イポダムから上流に向かって順に「一の谷」から「十三の谷」と名付け、十三の谷は東海岸に近い地点にあった。兵団は「十三の谷に食糧を運び込んでいる」と説明し、清六らはその言葉を信じたのだ。

だが、1週間かけてたどり着くと、食糧の備蓄はなく、育っているはずのトウモロコシも育っておらず、悪性のマラリアがはびこっていた。

1週間ほど滞在したものの、持参していた食糧は底をつき、その後は食糧を求めて約25キロ離れた村落アクレを目指した。草木の根や葉で飢えをしのぎ、終日腰まで川につかって歩く日もあり、仲間たちは一人、また一人と落伍していった。兵士たちも食糧を求め、同胞の遺体が転がる山中をさまよっていた。

若き日、上海から南京へ、道ばたに散乱したままの中国兵の死体の中を、勝利の勢いに乗って軍とともに歩き続けた清六。今度は反対に、放置され、腐敗する日本兵の死体の中を、痩せ衰えた体で敗走することになったのだ。

6月10日ごろ、清六ら9人はアクレに到着した。部隊に合流し、部隊とともに南方に下ってヤシ林に拠点を移したが、到着後に争ってヤシの実を食べ尽くし、食糧を探す体力のない者から倒れていった。

厚生労働省にある軍の名簿には、清六は6月30日に戦病死したとある。死因は「栄養失調」、つまり餓死だ。38歳だった。

神州毎日を発行した毎日新聞の関係者は一人も生還できなかった。彼らの消息は、イポから行動をともにし、唯一生き延びた読売新聞社記者の辻本芳雄氏が伝えたものだ。

75年後の2020年3月、私は現地を訪れ、清六が息絶えたヤシ林を探した。清六たちのイポからの逃避行は約1カ月に及んだが、車では大きく迂回しても2時間足らずだった。現地の民家や商店で「戦時中にあったヤシ林を知りませんか」と場所を尋ねて回った。ようやくたどり着いた小さな役場。そこで働く女性（55）が「この辺りで戦時中にヤシ林だった場所は一つしかない」と案内してくれた。かつて彼女の家はそのヤシ林の中にあったという。

車を降りて、背丈ほどもある草の間を縫って小道を進むと、ぽつんぽつんとヤシの木があった。当時茂っていた木は多くが枯れ、今は数えるほどしかない。

こんなところで――。照りつける日ざしを浴びながら、私は、割り切れない思いをかみしめていた。故郷から遠く離れ、戦争の理不尽さにのみこまれ、清六はここで息絶えた。農政記者として農家を貧困から救いたいという志や、自分の書いてきた戦意をあおるような記事を、死の間際に思い起こすことはあったのだろうか。そうだったとしたら、どんな気持ちだったのだろう。

振り返る余裕などなかったかもしれない。だが、私は悔しさがこみ上げるのを抑えきれ

清六が亡くなったとみられるフィリピン・マニラ東方のヤシ林＝2020年3月11日、筆者撮影

なかった。もしも、清六が生きて帰っていたら戦後の日本に何を残しただろうか。取材の過程で、何度その問いを繰り返したことだろう。

だが、この地に立って清六ただ一人のことを考えるわけにはいかなかった。清六とともに戦争を生きた人々の人生が、次々に頭に浮かんでは消えた。

大戦中、フィリピン全土でフィリピン人111万人、日本人51万8000人、米国人1万5000人が死亡した。清六や多くの記者たち、日米の兵士、巻き込まれた住民……。

私は手を合わせ、失われたそれぞれの命を思った。

フィリピンを訪れた私が、もう一つどうしても行ってみたかった場所があった。それが、神州毎日が作られたイポダムだった。

普段は立ち入りが禁じられているが、「親族の記者の足取りをたどっている」と説明すると、現地で出会った男性が特別に案内してくれた。門を通り抜け、急な坂道を車で下っていく。生い茂る木の向こう側に、光る水面が見えた。

車を降りた正面に、イポダムがあった。ダムの周囲を急峻《きゅうしゅん》な崖が取り囲み、「天然の要塞」と言われる訳がわかるような気がした。静かで美しい風景だった。

「ちょうどあの辺りに日本軍の洞窟があったんだ」

ダムの堤の上を歩きながら、案内してくれた男性が、急な斜面の中ほどを指さした。コンクリートで補強された壁が途切れた上に、うっそうと木が茂っている。大勢の兵士がひそんでいたとは到底思えない。反対の斜面に目を向けると、木の根が地面をはうように広がり、歩くことさえ難しそうだ。雨期ともなれば地面はぬかるみ、ぬれた衣服のまま狭い壕に身をひそめているしかなかっただろう。

男性は、父親や村の高齢者たちから戦時中の様子を聞いたことがあるという。日本兵が

「神州毎日」が作られていた日米の激戦地・イポダム。山の中腹に日本軍の壕があったという＝2020年3月11日、筆者撮影

壕を抜け出しては住民の食糧を奪いに来たり銃を撃ったりしたため、住民たちもまた山中に隠れて生活した。終戦後数年間、日本兵が壕の中で生活していたという話も、高齢者から聞いた。父は、戦後も日本兵のことを恐れていたという。

陣地があったイポダムのそばに、日米とフィリピンの全戦没者を悼《いた》む慰霊碑がある。「今でも日本から訪ねて来るのよ」と、近くに住み碑を管理するヨランダ・メルカーノさん（58）がノートを開いた。訪れた元兵士や遺族の名前が並ぶ。建立した

日米の激戦があったイポダム近くにある慰霊碑を管理するメルカーノさん。今も日本から遺族が訪れる＝2020年3月11日、筆者撮影

のは兵庫県の庄坪善忠男さん（84）だった。日本に戻り、話を聞くことができた。

庄坪さんは１９４５年、兄をフィリピンで亡くした。終戦時、庄坪さんは10歳。戦死公報にイポの地名が記されていたことから、「必ず兄の墓を建てる」と決め、終戦間もないころから、関係する資料を集めて読み込み、生還した兵士たちを訪ね歩いてきたという。現地に碑を建てたのは、１９８７年のことだ。

庄坪さんが、清六と行動をともにしていた読売新聞社記者の辻本氏に会ったのは終戦から４〜５年ほどたった頃だった。イポから生還した兵や新聞記者とともに辻本氏を訪ねると、辻本氏は涙を流して惨状を語った後、「聞いたことは忘れてくれ」と言ったという。

辻本氏はその後、読売新聞社の社会部で原子力発電の連載や第五福竜丸被爆のスクープに携わるなど戦後の新聞社で活躍し、亡くなった。

今に問う、報道の責任

経営するマニラ新聞社の惨状が毎日新聞本社に伝わったのは、終戦から2カ月半たった1945年10月末のことだった。米軍の捕虜となったマニラ新聞社の鴨居辰夫業務局長が帰国して「本社員死者20名、行方不明30名」と状況を報告すると、社内に衝撃が走った。鴨居氏は、マニラ郊外の捕虜収容所で読売新聞社の辻本芳雄氏と出会い、南條隊の全滅を知らされていた。

報告を受け、本社は11月、「臨時外地関係終戦事務局」を発足させた。事務局員は全国各地に足を運び、帰国した軍関係者や民間人など百数十人に会って、殉職《じゅんしょく》社員の最期の状況について聞き取りを行った。また、国外に残る約400人の社員の引き揚げ対策や、遺族や未帰還者の家族の支援にも当たった。

終戦事務局の調査の結果、フィリピンで殉職した毎日新聞関係者は計56人に上った。陣中新聞「神州毎日」を発行し、放浪の末死亡した「南條隊」を含め、イポ周辺での死者が最も多く、20人を超えた。このほか、現地で軍に召集され、マニラ市街戦の犠牲になった社員たちは10人、マニラから北上してルソン島北部のバギオやツゲガラオなどの地域を放浪した末に死亡した社員たちは17人を数えた。

終戦後、新聞社では、責任を問われ、解散させられるのではないかとのうわさが流れ、緊張が続いた。しかし、連合国軍総司令部は円滑な統治を優先して、新聞社の存続を認めた。

一方で、内部からは、経営陣の戦争責任を追及する動きが始まっていた。毎日新聞は終戦直後の8月末、奥村信太郎社長らが退陣した。次いで11月、副部長以上の管理職を一新した。翌1946年2月には、「言論の自由独立」を掲げた憲章も制定されている。だが軍と一体化した報道や、それによる部数拡張などの検証が十分に行われたわけではなかった。

1946年4月25日、伊藤清六ら南方殉職者20人の合同社葬が、東京、大阪、福岡の3本社で同時に行われた。

東京の社葬には、岩手で帰りを待ち続けた長兄清一やその息子にあたる私の祖父二郎、南條編集局長の次男岳彦氏ら遺族が参列していた。

このとき中学生だった岳彦氏は、のちに福岡放送で報道に携わる傍ら、父の足跡をたどり『一九四五年マニラ新聞　ある毎日新聞記者の終章』を出版した。それによると、父真一氏はマニラに発つ前夜、岳彦氏と兄を呼び「戦局は日本にとってけっして有利ではない。日本は負けることはないと思うが、日本が勝つこともむずかしい」と語り、「必勝の信念」を否定したという。岳彦氏は、この時講和の可能性を語った父について、「反論できぬ厳しさがあった」と記す。

だが、岳彦氏は、父の思想について、「親米英の自由主義者」ではあっても、「反戦主義者ではなかった」と分析している。

そして、「時代も環境もものさしもまったくちがうのだから、あの時代の新聞記者の価値観を論じても意味はない」とことわったうえで、真実を報じなかったマニラ新聞の紙面に憤り「一人ぐらい、真実を吐露したい欲望にさいなまれた記者はいなかったのか。もう嘘を書くのはご免だ！　と心情を爆発させたい衝動にかられた記者はいなかったのか」「この新聞を作った集団のくやしさや哀しさ、無念さに想いを馳せざるを得ない」と記している。

私にも、岳彦氏のこの気持ちがよくわかった。貧しい農村に生まれ、幼い頃に両親を亡くし、それでも自分のできる努力を重ねて手を伸ばし続けた清六。それなのに、気がついてみれば後戻りできないところにいた。戦争という大きな流れにあらがうことはできなかった。

清六は、どうすればよかったのだろう。どうすれば、戦争をあおる記事を書かずにすんだのだろう。故郷から遠く離れた場所で死なずにすんだのだろう。

個人が国や組織に異を唱えることは、きっと今想像するほど容易ではなかった。「弾圧に抵抗する」という発想すらなかったかもしれない。そうであったとしても、戦争へと時代の流れを押し進めた記者の責任は重い。そして、私自身を含む誰もが「清六」になりうることに身震いする。

私は、父真一氏の足跡をたどってきた岳彦氏と、直接話をしてみたかった。首都圏の介護施設にいるとわかり、電話をかけたが、その数カ月前に他界していた。岳彦氏の存在を知ってすぐに連絡を取らなかったことをいくら後悔しても、もう遅かった。

2020年3月13日。日付が変わって間もない午前1時、飛び立った飛行機から見下ろすと、マニラはまばゆいほどの光に包まれていた。

数時間前に、フィリピンのドゥテルテ大統領が2日後のマニラロックダウンを発表したばかりだった。光の源は、移動制限を前に急いで市内を出入りする渋滞の車列だった。道という道が車で埋めつくされていた。

世界各地で新型コロナウイルスの流行が始まっていたものの、フィリピンでの感染者数はまだ約50人だった。だがドゥテルテ大統領は、感染拡大を早期に食い止めようと唐突に強い措置を打ち出したのだ。正式な発表前に大統領の意向を知った同僚が「マニラが混乱するかもしれない」と連絡をくれ、私は予定を1日早めて帰国の途についたのだった。

車の姿はどんどん小さくなり、街の中心部から放射状に伸びる光の線になった。やがてその線はまばらになり、最後は暗闇をくねくねと蛇行する1本の線になった。

飛行機は、マニラ東方の山の上を飛んでいた。この暗闇のどこかに、清六が眠っているのだろう。

混乱を逃れ日本へ帰る自分と、帰れなかった清六――。旅の終わりに、私は2人の間に横たわっている75年という歳月を忘れ、ただ、生き抜こうとした清六の胸中に思いをはせた。そして、窓の外に広がる暗闇を見つめ続けた。

玉音放送を聞く毎日新聞東京本社の人々

エピローグ

清六の写真に出会い、その足跡をたどり始めたのは、私が32歳の時だった。当初は、記者としての経験も年齢も、清六の方がずっと上だと思っていた。しかし、気がついてみれば、清六の享年である38歳を超えている。

この間に私は母になり、フィリピンの地から子供たちを託す手紙を送り続けた清六の親としての心情がわかるようになった。

取材を続ける間、「子供たちを戦争で死なせたくない」という気持ちはずっと頭の片隅に存在し続けていた。世の中が戦争に向かい始めたとき、私は、子供たちを守るために権力や会社、世論と戦うのだろうか。それとも、逆に、守るために指示に従うのだろうか。

きっと、書いた記事が差し止めになるとわかっているのに、あえて反戦の記事など書かないだろう。何度かは挑戦するかもしれない。でも、書けば家族や同僚に迷惑がかかると思えばあきらめてしまうだろう。だからこそ、同じ環境には絶対に身を置きたくない。戦争が起こってからでは遅い。でも、もし起こったら……。私は同じことを何度も考え続けた。

だが、ある時気づいた。同じ場所をぐるぐると回っているように見えた日々は、らせん階段を降りているようなものだったのではないか。悩んだ期間は、記者であることに対して覚悟を深める道のりだったのではないか、と。

時計の針を少しだけ巻き戻す。私は学生時代、教育史学を専攻していた。教育には社会を変える力があると期待し、「貧困に対して、教育は何ができるのか」という研究テーマを掲げていた。卒業論文や修士論文では、不況と凶作にあえいだ昭和初期の岩手県を舞台に選び、義務教育が貧しい子供たちをどう取り込もうとしたかを、残された史料から探った。

当時は自分の曽祖母まつをが、地域の貧困解消や女性の地位向上のために活動した人物だったことは知らなかった。ましてや、清六のことは存在すら知らなかった。昭和初期の岩手県を選んだのは、ただ、とても見えやすい形で「貧困」が存在していると考えたからだ。

学生時代の調査では、農作業や子守に追われる子供たちの就学率を上げるために有効だったのは、学校給食だった。昭和初期の1931年、34年に東北を見舞った冷害による大凶作で、満足に食事をとることができない「欠食児童」や娘たちの身売りが社会問題化していたころのことだ。教師たちは、農家の親を訪ねては「学校に行けばおなかいっぱいごはんが食べられる」と訴え、子供たちを通学させるよう説得した。その効果は顕著だった。しかし、私は、給食で就学率が上がったという事実とは別の、もっと肝心なことに手が届いていない気がしていた。

それから15年以上が経ち、清六の人生をたどってきた今、私は、清六の人生そのものが、「貧困に対して、教育は何ができるのか」という問いに対する一つの答えだったのではないかと思うようになった。もしも、清六が戦争で命を失うことなく「農村を豊かに」という理想の実現に奔走していたら、清六という人物自身が、教育が貧困の解消に果たした役割の証になったのではないだろうか。そして、貧しさから抜け出そうとした多くの人たちの光になっていたかもしれない。

だが、その「もしも」が実現することはなかった。

2度目に訪れた「伊藤文庫」で、私は段ボール箱に埋もれるように置かれている古びた木箱を見つけた。高さ1メートルほどの木箱の側面に、「清六　宇都宮高農特待生　苦学のおもかげ」と書かれた紙が画びょうで貼り付けてあった。

学生時代、清六はこれを机にして学んだのだろうか。本棚にして傍らに置いていたのだろうか。横開きの扉を開けると、中は空だった。私はがっかりして、引っ張り出した木箱を元に戻した。少しでも多く、清六の書いたものを見つけたかったのだ。

それから1年半がたち、清六の最期の地を見届けた今、私の目には、木箱を前に腰掛ける若き日の清六の面影が浮かぶ。時に大家族の喧噪の中で、時に冷え込む雪の朝に、未来を夢見て勉学に励む姿だ。

「意志の力で、運命を変える」。ノートにそう記した清六にとって、ここそが出発点だった。


清六に、もっと近づきたい。そう考えて関係者を探しつづけた中で、唯一話を聞けたのが、97歳になる私の祖母節子だった。話を聞いたのは、2019年末のことだ。

節子の母フミは清六の姉だから、節子は清六の姪《めい》にあたる。フミは岩手から東京に出ていた同郷の曽祖父のもとに嫁いだ。下町で鉛筆工場を営んでいたその家は、岩手から親族が上京するときの拠点となり、生活の面倒をみたり、親戚同士で顔を合わせる場になったりしていたという。節子はその家の長女として育ち、時折姿を見せた背広姿の清六を覚えている。

「たぶん、仕事の合間だったんでしょう。たいてい、ひょっこりと現れる感じね。冗談を言ったりすることはあまりないけれど、穏やかで、何でも話せる人だった。あの兄弟は、本当に仲が良かった。いつも助け合っていた」

物知りで、誇りにしていた記憶は薄れていた。「清六さんのことを教えて」と聞いた私に「何でも聞いて」と応じてくれたが、記憶の細部は曖昧になっていた。それでも、祖母がゆっくりと語る言葉を通じ、私の頭の中で、郷里を愛し仕事に打ち込んだ清六の姿に血が通い始めたように思う。

祖母は、話の最後をしっかりとした口調でこうしめくくった。

「清六さんは、いなかのことが大好きだった」

刊行にあたって

磯崎由美

年に一度、毎日新聞社では大型企画などのテーマを全本社で募集する。記者たちは日ごろ培った問題意識をもとにさまざまなコンテ（企画案）を提案し、私はこの数年間、それらを審査する立場にいた。

そして編集編成局次長だった２０１９年秋、伊藤絵理子記者の「清六」のコンテに出合った。まだ荒削りながら質量とも他を圧倒していたこと、当時取材部門でなかった彼女がルーティンの傍ら人知れずこれだけの取材を重ねてきたことに、心を揺さぶられた。これは必ず記事にして世に送り出さねばならない。そう確信し、デスクワークを担当することにした。

毎年終戦の日が近づくと、日本のメディアは平和報道に力を入れる。永遠のテーマでありながら、暑さが峠を越すころには姿を消すとして「8月ジャーナリズム」とも批判される。それでも報道の意義はあると思っている。夏の取材班に入ったことを機に、ライフワークとして平和報道に関わり続けていく若い記者は後を絶たない。かつて戦後60年報道に携わった私自身もその一人だ。

だが年々難しくなっていく面もある。体験者が次々と亡くなり、新たな事実や証言を探すハードルは高まるばかりだ。また、ニュースのデジタル化が進みネットユーザーの多くを若年層が占める中、「平和報道の記事は読まれない」とも言われるようになった。

テーマや切り口が似通いがちになることにも苦悩する。繰り返し伝えるべき大切なことがある一方で、新しい伝え方を考えなければ戦争体験の風化は進むばかりだ。

そうした中で「清六」のコンテに目が留まったのは、実は新聞社が最も取り組むべきテーマにしっかり向き合ってこなかったことに気づいたからだ。さらに、現役の記者が、同じ社の記者であった親族の軌跡をたどっていく過程を一人称でそのまま伝えていけば、これまでになかった斬新な企画として多くの読者に読んでいただけるだろうとも考えた。これを2020年の「戦後75年報道」のメーンとする目標を立て、取材に本格着手したのは同年1月のことだった。

取材、執筆には予想以上に時間を要した。親族の戦争体験を調べる人は多いが、加害の事実が顔を出すと、足がすくんでしまう。伊藤記者にとっても、この取材は不安との闘いであった。特に清六が南京陥落の現場に居合わせ記事を書いていたことがわかった時は、とても心穏やかではいられなかった。

当時の新聞社について調べるほど、私たちは戦争をあおり、部数拡張につなげていく露骨な報道に憤りを覚えた。いくら悲惨な最期を遂げたとしても、清六を単なる犠牲者としては書けない。だが私たちにどこまで清六を断罪できるのか。そんなやりとりを2人で何度繰り返したことだろう。

記者個人の「罪」とは何か。もし自分たちが当時の記者であったなら——。悩み続けるうちに、これは答えの出る問いではなく、考え続けていかねばならない問いなのだと気づいた。

一方で、この連載は「メディアの戦争責任」を論じる報道とは一線を画している。戦時中のメディアに関する報道は少なからず存在するが、メディアを構成する記者個人、それも異を唱えて退社した記者ではなく、最後まで不条理な現場にとどまった記者の実像を伝えるものはあまり見ない。論ではなく人を描くことでしか伝えられないものがあるはずだと考えた。

清六が戦意高揚の記事をどんな思いで書いたのかを明確に示すものは見つからなかった。

しかし、折々に書いた記事と戦況、関係者の記録を縦横に重ねていくことで、かなりの部分を推し量ることはできたと思う。

そうして浮かび上がってきた清六の姿は、言論統制下の戦時中にとどまらない普遍的なテーマを私たちに突き付けてきた。それは、「自らが属する組織の中で、個人はどう葛藤し、どう振る舞えるのか」ということ。そして「いつどんな時でも、記者は報道の中立性を守り抜くことができるのか」ということだった。

一つ一つのエピソードを積み上げては議論を重ね、丁寧に、慎重に文章にしていく作業は、書籍化のぎりぎりまで続いた。

取材では関係者の証言に加え、新資料の発掘にも挑んだが、75年という壁の高さを思い知らされることも多かった。フィリピン・イポの洞窟でガリ版印刷で発行されていた「神州毎日」の実物を探し出すという目標は果たせなかった。キーパーソンとなる人物も、やっと居場所を探し当てた時には鬼籍に入った後、ということが続いた。

その一方で、数々の幸運にも恵まれた。清六が息絶えた最期の地はどうしても取材しなければならなかったが、現地に行けばわかるという保証もない中で、マニラ行きを決行した。出張の準備が整った昨春、折しも世界を新型コロナウイルスの感染が襲い始めた。伊藤記者はぎりぎりのタイミングで現地に入り、最期の地を探し当て、マニラのロックダウン直前に帰国することができた。

何よりの幸運は、清六の実家に建てられ代々守られてきた「伊藤文庫」に巡り合えたことだ。ここで見つけた本人による記録がなければ、幼少期の貧しさから這い上がり、新聞社に入社して抜擢されていく胸中をリアルに描くことはできなかっただろう。また、マニラでの日々をともにした南條真一・マニラ新聞編集局長が過酷な日々を記録した「南條日記」を日本の家族に送り続けていたこと、それを、次男岳彦氏が本社に寄贈してくださったことも大きかった。歴史の事実を紐解いていくとき、当事者が書き残したものがいかに重要であるかを痛感した。

新聞連載は「記者・清六の戦争」のタイトルで2020年7月14日から8月29日まで、毎日新聞朝刊社会面に計25回（ニュースサイトでは7月18日から8月30日まで計13回）掲載され、第26回平和・協同ジャーナリスト基金賞の奨励賞、新聞労連の第15回疋田桂一郎賞を受賞した。読者からの反響も多数寄せられ、出版のご要望もいただいたことに背中を押され、連載に大幅に加筆する形での書籍化を果たすことができた。

不思議なことに、清六の胸中を推し量りながら原稿を仕上げていく間、まるですぐそばに清六がいるような感覚に陥ることがあった。私たちが清六とその時代をのぞきこんだとき、その向こう側から清六が私たちを見つめ、こう尋ねてくるようだった。

「では君たちはこれから記者として何と闘い、何を書いていくのかね」と。

（いそざき・ゆみ　毎日新聞東京本社代表室長）

謝辞

『清六の戦争』の出版に当たっては、多くの皆さまにお力添えを賜りました。

現代史家の秦郁彦氏には、綿密な実証研究を基に、南京事件を中心とした戦時中の状況についてご教示いただきました。イポダムに慰霊碑を建立された庄坪善忠男氏には、手がかりの少ないイポでの激戦について情報をご提供いただきました。清六の原点をたどることができたのは、長年にわたり清六の生家で「伊藤文庫」を管理してきてくれた現在の当主・伊藤清也さん、幸子さんご夫妻のおかげです。

毎日新聞社内では、企画段階からデスク業務を担当してくれた磯崎由美代表室長、具体的な助言をくれた栗原俊雄記者をはじめ、多くの方に支えられました。毎日新聞出版・八木志朗氏には、書籍化までの長い道のりの心強い伴走者となっていただきました。

また、新聞連載を読み、励ましてくれた多くの皆さまの声に、力をいただきました。

出版にご協力くださった皆さま、本書を手に取ってくださったすべての皆さまに、心より感謝申し上げます。

伊藤絵理子

◎関連略年表

※清六の年齢は誕生日以降の満年齢

西暦	年号	清六の年齢	報道・新聞社を巡る出来事（**太字は清六の経歴**）	日本、世界の出来事
1904	明治37			2・10 日露戦争始まる
1907	明治40	0	**3・29 誕生**	
1909	明治42	2	5・6 新聞紙法公布	
1914	大正3	7		7・28 第一次世界大戦始まる
1915	大正4	8	**1・4 父清治死去**	
1917	大正6	10		11・7 ロシア革命
1920	大正9	13		1・10 国際連盟発足
1921	大正10	14	**水沢農学校入学**	
1922	大正11	15	**3・22 母イツ死去**	2・6 ワシントン軍縮条約調印
1923	大正12	16		9・1 関東大震災
1924	大正13	17	**宇都宮高等農林学校入学**	
1925	大正14	18		4・22 治安維持法公布
1927	昭和2	20	**宇都宮高等農林学校卒業**	3・15 金融恐慌始まる
1929	昭和4	22		10・24 世界大恐慌始まる
1930	昭和5	23		昭和恐慌始まる
1931	昭和6	24		9・18 満州事変

1932	昭和7	25		3・1 満州国建国
				5・15 五・一五事件
1933	昭和8	26		3・27 日本、国際連盟脱退通告
1934	昭和9	27		東北で大凶作、農村の欠食児童や身売りが社会問題化
1935	昭和10	28	2・18 天皇機関説事件	
			10・1 東京日日新聞山形・酒田通信部主任	
1936	昭和11	29	1・1 同盟通信社開業	2・26 二・二六事件
			8・1 準社員に登用、12・1 東京本社内国通信部に異動	
1937	昭和12	30	7・31 陸軍省令、8・16 海軍省令、12・13 外務省令（掲載禁止）	7・7 盧溝橋事件、日中戦争始まる
			9・25 内閣情報部設立	
			10・23 特派員として上海へ出発、南京を経て翌年1月帰国	12・13 南京占領、南京事件
1938	昭和13	31	2・18 石川達三『生きている兵隊』発禁に	4・1 国家総動員法公布
			7・1 正社員登用	
1939	昭和14	32		5月 ノモンハン事件
				9・1 第二次世界大戦始まる
1940	昭和15	33	**4・1 経済部に異動、10・1 政治部兼務**	
			9月 東京日日新聞に検閲課設立、後に部に昇格	9・27 日独伊三国同盟成立
			12・6 内閣情報部、内閣情報局に改組	10・12 大政翼賛会発足

西暦	年号	清六の年齢	報道・新聞社を巡る出来事（**太字は清六の経歴**）	日本、世界の出来事
1941	昭和16	34	1・11 新聞紙等掲載制限令公布	
			12・13 新聞事業令公布	12・8 太平洋戦争始まる
			12・19 言論・出版・集会・結社等臨時取締法公布	
1942	昭和17	35	9月 横浜事件	1・2 日本軍、マニラ占領
			10・12 マニラ新聞社設立	6・5 ミッドウェー海戦
			10・20 南方陸軍軍政地域新聞政策要領発表	
			11・1 マニラ新聞発行始まる	
1943	昭和18	36	1・1 大阪毎日新聞・東京日日新聞の題字を「毎日新聞」に統一、社名を毎日新聞社と改称	2・7 ガダルカナル島撤退
				4・18 山本五十六連合艦隊司令長官が戦死
			1・9 奥村信太郎社長ら一行がマニラ新聞社訪問	5・29 アッツ島守備隊玉砕
				9・8 イタリア降伏
				10・21 出陣学徒壮行会
1944	昭和19	37	2・23 竹槍事件	3・8 インパール作戦始まる
			3・6 全国の新聞で夕刊廃止	7・7 サイパン陥落
			3・21 マニラ新聞社出向	
			11・1 朝刊、連日2ページに減	10・20 米軍レイテ島上陸、24レイテ沖海戦
1945	昭和20	38	**1・31 最後のマニラ新聞発行、ルソン島山中へ**	1・9 米軍ルソン島上陸

			2～5月、陣中新聞「神州毎日」発行	2・3 マニラ市街戦
				3・10 東京大空襲
				3・17 硫黄島守備隊全滅
				4・1 米軍、沖縄本島上陸
				5・7 ドイツ降伏
			6・30 戦病死	8・6 広島、8・9長崎に原爆投下
				8・8 ソ連、日本に宣戦布告
				8・14 ポツダム宣言受諾、15終戦
				9・2 降伏文書調印
			10・8 GHQ「プレスコード」による新聞検閲始まる	
			11・17 毎日新聞の高石真五郎社長辞任、26全重役辞任	
			11・22 毎日新聞東京本社の従業員組合結成	
1946	昭和21		2月 言論の自由・独立をうたう「毎日憲章」制定	
			4・25 毎日新聞南方殉職社員の第1次合同社葬	5・3 極東国際軍事裁判（東京裁判）開廷
				11・3 日本国憲法公布

主要参考文献

伊藤清六「現地に観る食糧増産」『時局情報』一九四三年六月号
伊藤まつを『石ころのはるかな道　みちのくに生きる』講談社、一九七〇
石川純子『まつを媼　百歳を生きる力』草思社、二〇〇一
伊藤清一『伊藤清一日記抄』岩手出版、一九八七
毎日新聞（東京日日新聞）縮刷版、地方版マイクロフィルム（毎日新聞社所蔵）
毎日新聞（東京日日新聞・大阪毎日新聞）社報
毎日新聞社終戦処理委員会『東西南北　毎日新聞社殉職社員追憶記』毎日新聞社、一九五二
毎日新聞終戦事務局『情報録（三）マニラ関係』毎日新聞社、一九四六
毎日新聞百年史刊行委員会『毎日新聞百年史』毎日新聞社、一九七二
毎日新聞130年史刊行委員会『「毎日」の3世紀　新聞が見つめた激流130年』毎日新聞社、二〇〇二
社会部史刊行委員会『社会部記者　大毎社会部七十年史』一九七一
大毎社会部100年史編集委員会『記者たちの森　大毎社会部100年史』毎日新聞社、二〇〇二
田中菊次郎「昭和新聞『検閲』覚書」『一億人の昭和史10　不許可写真史』毎日新聞社、一九七七
田中菊次郎「戦時情報局の役割」『新聞研究』一九七五年一月号

田中菊次郎「岩佐直樹　戦前、戦後を生きた名整理記者」『別冊新聞研究　聴きとりでつづる新聞史22』一九八七
毎日新聞OB誌『遊LUCKペン』『有楽ペン供養』
高田元三郎『記者の手帖から』時事通信社、一九六七
長江好道・三浦黎明・藤原隆男・浦田敬三・早坂啓造・渡辺基『岩手県の百年　県民100年史3』山川出版社、一九九五
庄司俊作『近現代日本の農村　農政の原点をさぐる』吉川弘文館、二〇〇三
暉峻衆三編『日本農業史』有斐閣、一九八一
岩手県農村文化懇談会編『戦没農民兵士の手紙』岩波書店、一九六一
成田龍一『大正デモクラシー　シリーズ日本近現代史④』岩波書店、二〇〇七
南京戦史編集委員会編『南京戦史』偕行社、一九八九
南京戦史編集委員会編『南京戦史資料集Ⅰ』偕行社、一九八九
南京戦史編集委員会編『南京戦史資料集Ⅱ』偕行社、一九九三
秦郁彦『南京事件　「虐殺」の構造　増補版』中央公論新社、二〇〇七
秦郁彦『慰安婦と戦場の性』新潮社、一九九九
井上寿一『日中戦争　前線と銃後』講談社、二〇一八
波多野澄雄、戸部良一、松元崇、庄司潤一郎、川島真『決定版　日中戦争』新潮社、二〇一八

佐藤振壽『上海・南京　見た撮った』偕行社
藤田信勝『体験的新聞論』潮出版社、一九六七
東中野修道『「南京虐殺」の徹底検証』展転社、一九九八
「鎮魂譜　野州兵団の軌跡」栃木新聞、一九七九～一九八一
高橋文雄『野州兵団奮戦記』中央通信社、一九八三
西條八十『西條八十全集第四巻』国書刊行会、一九九七
防衛庁防衛研修所戦史室『戦史叢書56・海軍捷号作戦〈2〉フィリピン沖海戦』朝雲新聞社、一九七二
防衛庁防衛研修所戦史室『戦史叢書60・捷号陸軍作戦〈2〉ルソン決戦』朝雲新聞社、一九七二
『マニラ新聞縮刷・復刻版』日本図書センター、一九九一
南條岳彦『一九四五年マニラ新聞　ある毎日新聞記者の終章』草思社、一九九五
故青山広志著、吉田勉編『マニラ新聞、私の始末記』早稲田速記記録事業部、一九九四
村松喬『落日のマニラ』鱒書房、一九五六
池田佑編『大東亜戦史3　フィリピン編』富士書苑、一九六九
三国一朗編『昭和史探訪④』番町書房、一九七四
河合武郎『ルソン戦記　若き野戦重砲指揮官の回想』光人社、一九八七
河合武郎『ルソンの砲弾　第八師団玉砕戦記』光人社、一九九〇
大槻正治『イポのせせらぎ』一九八一

山本正道『フィリピン戦の回想　一当番兵の記録』一九九一
那須三男『るそん回顧　ある陸軍主計将校の比島戦手記』元就出版社、二〇〇九
東口環『比島作戦と河島兵団』一九六八
今日出海『山中放浪　私は比島戦線の浮浪人だつた』日比谷出版社、一九四九
大森建道『比島従軍日記　あれから四十年』善本社、一九八五
池端雪浦編『日本占領下のフィリピン』岩波書店、一九九六
守川正道『フィリピン史』同朋舎、一九七八
有山輝雄『日本の占領と新聞の「南方大進軍」』『マニラ新聞』別冊、日本図書センター、一九九一
早瀬晋三「日本占領・勢力下の東南アジアで発行された新聞」『アジア太平洋討究』、二〇一六年十月
「比島軍政監部　内堀技師　マニラ新聞社印刷工場見学の記」『地図』一九四三年八月、『十五年戦争極秘資料集補巻38』不二出版、二〇一一
FLORINDA B.DE FIESTA「UNDERGROUND MASS MEDIA DURING THE JAPANESE OCCUPATION OF THE PHILIPPINES: A HISTORICAL STUDY AND CONTENT ANALYSIS OF SELECTED GUERRILLA NEWSPAPERS」
岡本光三編『日本戦争外史　従軍記者』新聞時代社、一九六五
前坂俊之『太平洋戦争と新聞』講談社、二〇〇七
半藤一利、保阪正康『そして、メディアは日本を戦争に導いた』東洋経済新報社、二〇一三

山中恒『新聞は戦争を美化せよ！　戦時国家情報機構史』小学館、二〇〇〇
河原理子『戦争と検閲　石川達三を読み直す』岩波書店、二〇一五
半藤一利『昭和史　1926-1945』平凡社、二〇〇九
藤井忠俊『兵たちの戦争　手紙・日記・体験記を読み解く』朝日新聞社、二〇〇〇
加藤陽子『それでも、日本人は「戦争」を選んだ』朝日出版社、二〇〇九
戸部良一・寺本義也・鎌田伸一・杉之尾孝生・村井友秀・野中郁次郎『失敗の本質　日本軍の組織論的研究』ダイヤモンド社、一九八四
太平洋戦争研究会『太平洋戦争・主要戦闘事典』ＰＨＰ研究所、二〇〇五

《著者紹介》

伊藤絵理子（いとう・えりこ）
1979年生まれ。2005年、毎日新聞社入社。仙台支局、経済部、情報調査部、「開かれた新聞委員会」事務局兼社会部、阪神支局を経て、現在東京本社コンテンツ編成センター勤務。
本書の元になった連載「記者・清六の戦争」で、第26回平和・協同ジャーナリスト基金賞・奨励賞と第15回疋田桂一郎賞を受賞。

清六《せいろく》の戦争《せんそう》　ある従軍記者《じゅうぐんきしゃ》の軌跡《きせき》

印　刷　2021 年 6 月 1 日
発　行　2021 年 6 月 20 日

著　者　伊藤絵理子《いとうえりこ》
発行人　小島明日奈
発行所　毎日新聞出版
〒 102-0074　東京都千代田区九段南 1-6-17　千代田会館 5 階
営業本部：03（6265）6941
図書第二編集部：03（6265）6746

印　刷　精文堂印刷
製　本　大口製本

ISBN978-4-620-32686-3